Alas rotas

Gibrán Khalil Gibrán

ALAS ROTAS

Fragata Cultural

ISBN: 978-1796-81-818-5

ALAS ROTAS
Gibrán Khalil Gibrán

Obra de dominio público editada por:
Fragata Cultural de Panamá

Diseño de portada:
Luis Flórez Karica

Diseño y diagramación:
Fragata Cultural

Impresión:
Proveedores de Kindle Direct Publishing / USA

CONTENIDO

PREFACIO

Tenía yo dieciocho años de edad cuando el amor me abrió los ojos con sus mágicos rayos y tocó mi espíritu por vez primera con sus dedos de hada, y Selma Karamy fue la primera mujer que despertó mi espíritu con su belleza y me llevó al jardín de su hondo afecto, donde los días pasan como sueños y las noches como bodas.

Selma Karamy fue la que me enseñó a rendir culto a la belleza con el ejemplo de su propia hermosura y la que, con su cariño, me reveló el secreto del amor; fue ella la que cantó por vez primera, para mí, la poesía de la vida verdadera.

Todo joven recuerda su primer amor y trata de volver a poseer esa extraña hora, cuyo recuerdo transforma sus más hondos sentimientos y le da tan inefable felicidad, a pesar de toda la amargura de su misterio.

En la vida de todo joven hay una "Selma", que súbitamente se le aparece en la primavera de la vida, que transforma su soledad en momentos felices, y que llena el silencio de sus noches con música.

Por aquella época estaba yo absorto en profundos pensamientos y contemplaciones, y trataba de entender el significado de la naturaleza y la revelación de los libros y de las Escrituras, cuando oí al Amor susurrando en mis oí dos a través de los labios de Selma. Mi vida era un estado de coma, vacía como la de Adán en el Paraíso, cuando vi a Selma en pie, ante mí, como una columna. de luz. Era la Eva de mi corazón, que lo llenó de secretos y maravillas, y que me hizo comprender el significado de la vida.

La primera Eva, por su propia voluntad, hizo que Adán saliera del Paraíso, mientras que Selma, involuntariamente, me hizo entrar en el Paraíso del amor puro y de la virtud, con su dulzura y su amor; pero lo que ocurrió al primer hombre también me sucedió a mí, y. la espada de fuego que expulsó a Adán del Paraíso fue la misma que atemorizó con su filo resplandeciente y me obligó a apartarme del paraíso de mi amor, sin haber desobedecido ningún mandato, y sin haber probado el fruto del árbol prohibido.

Hoy, después de haber transcurrido muchos años, no me queda de aquel hermoso sueño sino un cúmulo de dolorosos recuerdos que aletean con alas invisibles en torno mío, que llenan de tristeza las profundidades de mi corazón, y que llevan lágrimas a mis ojos; y mi bien amada, la hermosa Selma, ha muerto, y nada queda de ella para preservar su memoria, sino mi roto corazón, y una tumba rodeada de cipreses. Esa tumba y este corazón son todo lo que ha quedado para dar testimonio de Selma.

El silencio que custodia la tumba no revela el secreto de Dios, oculto en la oscuridad del ataúd, y el crujido de las ramas cuyas raíces absorben los elementos del cuerpo no des cifran los misterios de la tumba, pero los suspiros de dolor de mi corazón anuncian a los vivientes el drama que han representado el amor, la belleza y la muerte.

¡Oh amigos de mi juventud, que estáis dispersos en la ciudad de Beirut!: cuando paséis por ese cementerio, junto al bosque de pinos, entrad en él silenciosamente, y caminad despacio, para que el ruido de vuestros pasos no, turbe el tranquilo sueño de los muertos, y deteneos humildemente ante la tumba de Selma; reverenciad la tierra que cubre su cuerpo y decid mi nombre en un hondo suspiro, al tiempo que decís internamente estas palabras:

"Aquí, todas las esperanzas de Gibrán, que vive como prisionero del amor más allá de los mares; todas sus esperanzas, fueron enterradas. En este sitio perdió Gibrán su felicidad, vertió todas sus lágrimas, y olvidó su sonrisa.

"Junto a esa tumba crece la tristeza de Gibrán, al mismo tiempo que los cipreses, y sobre la tumba su espíritu arde todas las noches como una lámpara motiva consagrada a Selma, y entona a coro con las ramas de los árboles un triste lamento, en lastimero duelo por la partida de Selma, que ayer, apenas ayer, era un hermoso canto en los labios de la Vida, y que hoy es un silente secreto en el seno de la tierra."

¡Oh camaradas de mi juventud! Os conjuro, en nombre de aquellas vírgenes que vuestros corazones han amado, a que coloquéis una guirnalda de flores en la desamparada

Tumba de mi bien amada, pues las flores que coloquéis sobre la tumba de Selma serán como gotas de rocío desprendidas de los ojos de la aurora, para refrescarlos pétalos de una rosa que se marchita.

CALLADA TRISTEZA

Vecinos míos, vosotros recordáis. con placer la aurora de vuestra juventud, y lamentáis que haya pasado; pero yo recuerdo la mía como un prisionero recuerda los barrotes y los grilletes de su cárcel. Vosotros habláis de aquellos años entre la infancia y la juventud como de una época de oro, libre de confinamientos y de cuidados, pero aquellos años. yo los considero una época de callada tristeza que caía como una semilla en mi corazón, y crecía en él; y que no encontraba salida hacia el mundo del conocimiento y la sabiduría, hasta que llegó el amor y abrió las puertas de mi corazón, e iluminó sus recintos.

El amor me dio lengua y lágrimas. Seguramente recordáis los jardines y los huertos, las plazas públicas y las esquinas que presenciaron vuestros juegos y oyeron vuestros inocentes cuchicheos; yo también recuerdo hermosos parajes del norte del Líbano. Cada vez que cierro los ojos veo aquellos valles, llenos de magia y dignidad, cuyas montañas, cubiertas de gloria y grandeza, trataban de alcanzar el cielo. Cada vez que cierro mis oídos al clamor de la ciudad, oigo el murmullo de aquellos riachuelos y el crujido de aquellas ramas. Todas esas bellezas a las que me refiero ahora, y que ansío volver a ver como niño que ansía los pechos de su madre, hirieron mi espíritu, prisionero en la oscuridad de la juventud como el halcón que sufre en su jaula al ver una bandada de pájaros que vuela libremente por el anchuroso cielo. Aquellos valles y aquellas montañas pusieron el fuego en mi imaginación, pero amargos pensamientos tejieron en torno de mi corazón una red de negra desesperanza.

Cada vez que iba yo a pasear por aquellos campos volvía decepcionado, sin saber la causa de mi decepción. Cada vez que miraba yo el cielo gris sentía que el corazón se me encogía. Cada vez que oía yo el canto de los pájaros y los balbuceos de la primavera, sufría, sin comprender la razón de mi sufrimiento. Dicen que la simplicidad hace que un hombre sea vacío, y que ese vacío lo hace despreocupado. Acaso sea esto cierto entre quienes nacieron muertos y viven como cadáveres helados; pero el muchacho sensible que siente mucho y lo ignora todo es la más desventurada criatura que alienta bajo el sol, porque se debate entre dos fuerzas. La primera fuerza lo impulsa hacia arriba, y le muestra lo hermoso de la existencia a través de una nube de sueños; la segunda, lo arrastra hacia la tierra, llena sus ojos de polvo y lo anonada de temores y hostilidad.

La soledad tiene suaves, sedosas manos, pero sus fuertes dedos oprimen el corazón y lo hacen gemir de tristeza. La soledad es el aliado de la tristeza y el compañero de la exaltación espiritual.

El alma del muchacho que siente que el beso de la tristeza es como un blanco lirio que empieza a desplegar sus pétalos. Tiembla con la brisa, abre su corazón en la aurora, y vuelve a cerrar sus pétalos al llegar las sombras de la noche. Si ese muchacho no tiene diversiones, ni amigos, ni compañeros de juegos, su vida será como una reducida prisión en la que no ve nada, sino telarañas, y no oye nada, sino el reptar de los insectos.

Tal tristeza que me obsesionaba en mi juventud no era por falta de diversiones, porque si hubiera querido las habría tenido; tampoco era por falta de amigos, porque habría podido tenerlos. Tal tristeza obedecía a un dolor interno que me impulsaba a amar la soledad. Mataba en mí la inclinación a los juegos y a las diversiones, quitaba de mis hombros las alas de la juventud, y hacía que fuera yo como un estanque entre dos montañas, que refleja en su quieta superficie las sombras de los fantasmas y los colores de las nubes y de los árboles, pero que no puede encontrar una salida, para ir cantando hacia el mar.

Tal era mi vida antes de que cumpliera yo dieciocho años. El año que los cumplí es como la cima de una montaña en mi vida, porque despertó en mí el conocimiento, y me hizo comprender las vicisitudes de la humanidad. En ese año volví a nacer, y a menos que una persona vuelva a nacer, su vida seguirá siendo una hoja en blanco en el libro de la existencia. En ese año vi a los ángeles del cielo mirarme a través de los ojos de una hermosa mujer. También vi a los demonios del infierno rabiando en el corazón de un hombre malo. Aquel que no ve a los ángeles y a los demonios en toda la belleza y en toda la malicia, de la vida estará muy lejos del conocimiento, y su espíritu estará ayuno de afecto.

LA MANO DEL DESTINO

En la primavera de aquel maravilloso año, estaba yo en Beirut. Los jardines estaban llenos de flores de Nisán, y la tierra tenía una alfombra de verde césped; y era como un secreto de la tierra revelado al Cielo. Los naranjos y los manzanos, que parecían huríes, o novias enviadas por la Naturaleza para inspirar a los poetas y excitar la imaginación, llevaban blancas vestes de perfumados capullos.

La primavera es hermosa en todas partes, pero es más hermosa en el Líbano. Es un espíritu que vaga por toda la Tierra, pero que hace su morada en el Líbano, conversando con reyes y profetas, cantando con los ríos los Cantares de Salomón, y repitiendo con los sagrados cedros del Líbano los recuerdos de las antiguas glorias. Beirut, libre de los lodos del invierno y del polvo del verano, en la primavera es como una novia, o como una sirena que se sienta a orillas de un arroyo, y que se seca la suave piel a los rayos del sol.

Un día, en el mes de Nisán, fui a visitar a un amigo cuya casa estaba algo apartada de la brillante y hermosa ciudad. Mientras charlábamos, un hombre de aspecto digno, como de unos sesenta años de edad, entró en la casa. Al levantarme para saludarlo, mi amigo me lo presentó como Farris Efendi Karamy, y luego mi amigo pronunció mi nombre, con palabras elogiosas. El anciano me miró un momento, y se tocó la frente con las puntas de los dedos, como si estuviera tratando de recordar algo. Luego, se acercó a mí sonriente, y me dijo:

—Es usted hijo de un amigo mío muy querido y me da mucho gusto ver a ese amigo en la persona de usted.

Muy conmovido por las palabras del anciano, me sentí atraído hacia él como un pájaro cuyo instinto lo lleva a su nido antes de la inminente tormenta. Al sentarnos, me contó su amistad con mi padre, y recordó el tiempo que habían pasado juntos. Los ancianos gustan de remontar sus recuerdos a los días de su juventud, tal como los extranjeros que ansían volver a su propio país. Se complacen en referir anécdotas del pasado, así como el poeta se complace en recitar su mejor poema. El anciano vive espiritualmente en el pasado, porque el presente pasa para él velozmente, y el futuro le parece una aproximación al olvido de la tumba. Así transcurrió una hora llena de viejos recuerdos, como las sombras de los árboles sobre el césped. Cuando Farris Efendi se levantó para marcharse, me puso la mano izquierda en el hombro y estrechó mi mano derecha, diciendo:

—No he visto a tu padre desde hace veinte años. Espero que lo sustituyas, con frecuentes visitas a mi casa.

Agradecido, le 'prometí cumplir ese deber de amistad hacia un querido amigo de mi padre.

Al salir el anciano, le pedí a mi amigo que me contara algo más acerca de él.

—No conozco a ningún hombre en Beirut cuya riqueza lo haya hecho amable, y cuya bondad lo haya hecho rico -me dijo -. Es uno de esos raros hombres que vienen a este mundo y se van de él sin hacer daño a nadie, pero las personas de esa clase generalmente sufren mucho, y son víctimas de la opresión, porque no son lo suficientemente hábiles para salvarse de la maldad de los demás. Farris Efendi tiene una hija, de carácter muy parecido al suyo, cuya belleza y gentileza están más allá de toda descripción; y también ella sufrirá mucho, porque la riqueza de su padre ya la está colocando al borde un horrible precipicio. —Al pronunciar mi amigo estas palabras, noté que su rostro se ensombrecía. Luego, mi amigo continuó: —Farris Efendi es un buen anciano, de noble corazón, pero le falta fuerza de voluntad. La gente lo maneja como a un ciego. Su hija le obedece, a pesar de ser orgullosa e inteligente, y tal es el secreto que gravita en la vida de padre e hija. Este secreto lo descubrió un mal hombre, que también es obispo, y cuya maldad se cobija a la sombra del Evangelio. Este prelado tiene apariencia de ser amable y noble. Es la cabeza religiosa de esta tierra de gente piadosa. La gente le rinde obediencia y lo venera. Y conduce a esta gente como un rebaño de ovejas hacia el matadero.

Este obispo tiene un sobrino, lleno de odio y de corrupción. Más tarde o más temprano, día llegará en que colocará a su sobrino a su derecha, y a la hija de Farris Efendi a su izquierda, y, al alzar su impura mano y al pronunciar los votos del matrimonio sobre las cabezas de estos dos jóvenes, unirá una virgen pura a un sucio degenerado, colocando el corazón del día en las entrañas de la noche.

"Es todo lo que puedo decirte acerca de Farris Efendi y de su hija, así que te ruego que no me hagas más preguntas al respecto.

Al decir esto, mi amigo volvió la cabeza hacia la ventana, como si estuviera tratando de resolver los problemas de la existencia humana y de concentrarse en la belleza del universo.

Al salir de esa casa, le dije que pensaba visitar a Farris Efendi unos días después, con el propósito de cumplir mi promesa, y por la amistad, que había unido a él y a mi padre. Se quedó mirándome un momento y noté un cambio en la expresión de su rostro, como si mis escasas y simples palabras le hubieran dado una nueva idea. Luego, me miró a los os de extraña manera, con una mirada en que se mezclaban amor, la piedad y el temor; con la mirada de un profeta que prevé lo que nadie más puede anticipar. Luego, sus labios temblaron levemente, pero mi amigo no dijo nada al dirigirme yo a la puerta. Esa extraña mirada se grabó en mí, y no pude comprender su significado hasta que maduré en el mundo de la experiencia, donde los corazones se comprenden uno a otro intuitivamente, y donde los espíritus maduran con el conocimiento.

LA ENTRADA AL SANTUARIO

Unos cuantos días después, la soledad hizo presa de mí, y me cansé de los estultos rostros de los libros; alquilé un carruaje y me dirigí a la casa de Farris Efendi. Cuando llegamos al pinar en que la gente solía realizar meriendas campestres, el conductor del carruaje tomó un camino privado, bajo la sombra de los sauces, que lo bordeaban a cada lado. Al atravesar el pinar, pudimos ver la belleza de los verdes prados, los viñedos, y muchas flores de Nisán, de colores vivos, que empezaban a abrirse.

Unos cuantos minutos después, el carruaje se detuvo ante una casa solitaria, en medio de un hermoso jardín. Saturaban el aire los aromas de las rosas, de las gardenias y del jazmín.

Al bajar del carruaje y entrar en el espacioso jardín, vi a Farris Efendi, que salía a mi encuentro. Me invitó a entrar en la casa cordialmente y se sentó a mi lado, como un padre feliz que vuelve a ver a su hijo, y me abrumó con preguntas acerca de mi vida, de mi futuro y de mi educación. Le contesté, y mi voz estaba llena de ambición y celo; porque en mis oídos repicaba con campanas el himno de la gloria, y sentía que me lanzaba en mi velero por el calmado mar de los sueños esperanzados. En eso estábamos, cuando una hermosa joven, vestida con bellísimo vestido de seda blanca, apareció tras las cortinas de terciopelo de la puerta, y caminó hacia mí. Farris Efendi y yo nos levantamos de nuestros asientos.

—Mi hija Selma —dijo el anciano. Luego, me presentó, diciendo: —El destino me ha devuelto a un querido viejo amigo, en la persona de su hijo.

Selma se quedó mirándome un momento, como si dudara que un visitante pudiera entrar en su casa. Sentí la mano de la muchacha como un blanco lirio, y un extraño sobresalto agitó mi corazón.

Volvimos a tomar asiento en silencio, como si Selma hubiese llevado a aquel aposento un espíritu celestial digno de mudó respeto. Al darse cuenta de aquel súbito silencio, la joven me sonrió, y dijo

—Mi padre me ha, contado muchas veces las anécdotas de su juventud y de los viejos tiempos en que él y el padre de usted llevaban estrecha amistad. Si el padre de usted le" ha contado lo mismo, este encuentro no es el primero entre nosotros.

El anciano estaba complacido de oír a su hija expresarse así.

—Selma es muy sentimental. Todo lo ve con los ojos del espíritu —dijo.

Luego, reanudó su conversación, con mucho tacto, como si hubiera encontrado en mí un hechizo mágico que lo hubiera llevado, en alas del recuerdo, a los días pasados.

Mientras lo miraba, pensando en cómo sería yo en mis años posteriores, él se quedó mirándome, como un sereno y viejo árbol que ha soportado muchas tormentas, y al que la luz solar le proyectara la sombra sobre un renuevo que se estremeciera ante la brisa de la aurora.

Pero Selma permanecía silenciosa. De vez en cuando, me miraba a mí, luego a su padre, como si estuviera leyendo al mismo tiempo el primero y el último capítulo del drama de la vida. El día transcurrió rápidamente en aquel jardín, y podía yo ver a través de la ventana el fantasmal beso amarillo de las ocas o sobre las montañas del Líbano. Farris Efendi siguió relatando sus experiencias, y yo le escuchaba absorto, y había tanto entusiasmo en mí, que su tristeza se convirtió en alegría.

Selma estaba sentada cerca de la ventana, mirándonos con sus tristes ojos y sin hablar, aunque la belleza tiene su propio lenguaje celestial, más misterioso que las voces de las lenguas y de los labios. Es un lenguaje misterioso, intemporal, común a toda la humanidad; un calmado lago que atrae a los riachuelos cantarines hacia su fondo, y los hace silenciosos.

Sólo nuestros espíritus pueden comprender la belleza, o vivir y crecer con ella. Intriga a nuestras mentes; no podemos describirla con palabras; es una sensación que nuestros ojos no pueden ver, y que se deriva, tanto del que observa, como de quien es observado. La' verdadera belleza es un rayo que emana de lo más santo del espíritu, e ilumina el cuerpo, así como la vida surge desde la profundidad de la tierra, para dar color y aroma a una flor.

La verdadera belleza reside en la concordancia espiritual que llamamos amor, y que puede existir entre un hombre y una mujer.

¿Acaso mi espíritu y el de Selma se tocaron aquel día en que nos conocimos, y aquel anhelo de llegar hasta ella hizo que la considerara la más hermosa mujer bajo el sol? ¿O acaso estaba yo intoxicado con el vino de la juventud, que me hacía imaginar lo que nunca existió? ¿Acaso mi juventud cegó mis ojos naturales y me hizo imaginar el brillo de sus ojos, la dulzura de su boca y la gracia de todo su cuerpo? ¿O acaso fueron ese brillo, esa gracia y esa dulzura, los que abrieron mis ojos y me mostraron la felicidad y la tristeza del amor?

Difícil es dar respuesta a estas preguntas, pero puedo decir sinceramente que en aquella hora sentí una emoción que nunca había tenido; un nuevo cariño que se posaba calmadamente en mi corazón, como el espíritu que vagaba sobre las aguas en el momento de la creación del mundo, y también puedo decir que de ese cariño nacieron mi felicidad y mi tristeza. Así terminó la hora de mi primer encuentro con Selma, y así quiso el cielo libertarme de las cadenas de mi solitaria juventud, para permitirme caminar en la procesión del amor.

El amor es la única libertad que existe en el mundo porque eleva tanto al espíritu, que las leyes de la humanidad y los fenómenos naturales no alteran su curso.

Al levantarme de mi asiento para marcharme, Farris Efendi se acercó a mí y me dijo serenamente:

—Ahora, hijo mío, ya conoces el camino a esta casa. Considérame tu padre y a Selma, como tu hermana. La miré como pidiéndole a ella que confirmara aquella declaración.

La joven movió la cabeza en señal de asentimiento, y me miró como quien vuelve a ver a una persona que se conoce desde hace mucho.

Aquellas palabras que pronunció Farris Efendi Karamy me colocaron al lado de su hija, en el altar del amor. Fueron palabras de un canto celestial que terminó tristemente, aunque había empezado en la más viva exaltación; elevaron nuestros espíritus al reino de la luz y de la trémula llama; fueron la copa de la que al mismo tiempo bebimos la felicidad y la amargura.

Salí de aquella casa. El anciano me acompañó hasta el borde del jardín, mientras mi corazón se agitaba como los labios temerosos de un hombre sediento.

LA ANTORCHA BLANCA

Acaba de terminar el mes de Nisán, y yo seguía visitando la casa de Farris Efendi, y seguía viendo a Selma en aquel hermoso jardín, contemplando su belleza, maravillándome de su inteligencia y oyendo los silentes pasos de la tristeza. Sentía que una mano invisible me llevaba hacia ella.

En cada visita percibía un nuevo significado de su belleza, y una nueva intuición de su dulce espíritu, hasta que la joven llegó a ser como un libro cuyas páginas pude entender, y cuyos elogios podía yo cantar, pero que nunca podría terminar de leer. Una mujer a la que la Providencia ha dotado de belleza espiritual y corporal es una verdad, a la vez manifiesta y secreta, que sólo podemos comprender mediante el amor, y a la que sólo podemos tocar con la virtud; y cuando hacemos el intento de describir a tal mujer, su imagen se desvanece como la niebla.

Selma Karamy poseía la belleza corporal y espiritual, pero, ¿cómo describirla a quien no la haya conocido? ¿Puede un hombre muerto recordar el canto de un ruiseñor, y la fragancia de una rosa, y el susurro de un arroyo? ¿Puede un prisionero cargado de pesadas cadenas seguir a la brisa de la aurora? ¿Acaso el orgullo me impide hacer la descripción de Selma sólo con palabras ya que no puedo pintarla con luminosos colores? El hombre hambriento en el desierto no se negará a comer pan duro, si el cielo no hace llover sobre él el maná y las codornices.

En su blanco vestido de seda, Selma estaba esbelta como un rayo de luz de luna que pasara a través del cristal de la ventana. Caminaba graciosa y rítmicamente. Hablaba en voz baja y con dulces entonaciones; las palabras salían de sus labios como gotas de rocío que cayeran de los pétalos de las flores, al agitarlas el viento.

Pero, ¡qué decir del rostro de Selma! Ninguna palabra podría describir su expresión, que reflejaba, ora gran sufrimiento interno, ora exaltación celestial.

La belleza del rostro de Selma no era clásica; era como un sueño de revelación que no se puede medir ni circundar, ni copiar con el pincel de un pintor, ni con el cincel de un escultor. La belleza de Selma no residía propiamente en sus cabellos de oro, sino en la virtud y en la pureza que los rodeaban; no en sus labios, sino en la dulzura de sus palabras; no en su cuello de marfil, sino en el suave arco de su frente. Tampoco residía su belleza en la línea perfecta de su cuerpo, sino en la nobleza de su espíritu, que ardía como una blanca antorcha entre la tierra y el cielo. Su belleza era como el don de la poesía. Pero los poetas son personas desventuradas, pues, por más alto que se eleven sus espíritus, siempre estarán envueltos en una atmósfera de lágrimas.

Selma era muy pensativa, más que parlanchina, y su silencio era como una música que lo llevaba a uno a un mundo de sueños y que lo hacía escuchar los latidos del propio corazón, y ver los fantasmas de los propios pensamientos y sentimientos al lado de uno, como si nos miraran a los ojos.

Selma tenía un aura de profunda tristeza que la acompañó toda su vida y que acentuaba su extraña belleza y su dignidad, como un árbol en flor que nos parece más bello cuando lo vemos envuelto en la niebla del alba.

La tristeza fue un lazo de unión para su espíritu y para el mío, como si viéramos en el rostro del otro lo que el corazón sentía, y como si oyéramos al mismo tiempo el eco de una voz oculta. Dios había creado dos cuerpos en uno, y la separación no podría ser sino una cruel agonía.

Los espíritus melancólicos reposan al reunirse con otros espíritus afines. Se unen afectuosamente, como un extranjero al ver a un compatriota suyo en tierras lejanas. Los corazones que se unen por la tristeza no serán separados por la gloria de la felicidad. El amor que se purifica con lágrimas seguirá siendo eternamente puro y hermoso.

LA TEMPESTAD

Un día, Farris Efendi me invitó a cenar en s u casa. Acepté, y mi espíritu, hambriento del divino pan que el Cielo había puesto en las manos de Selma, estaba hambriento, sobre todo, de ese pan espiritual que da más hambre a nuestros corazones mientras más comemos de él. Era ese pan que Kais, el poeta árabe, Dante y Safo probaron, y que incendió sus corazones; el pan que la Diosa prepara con la dulzura de los besos y la amargura de las lágrimas.

Al llegar a la casa de Farris Efendi vi a Selma sentada en un banco del jardín, descansando la cabeza en el tronco de un árbol, y con el aspecto de una novia ataviada con su blanco vestido de seda, o como un centinela que custodiara aquellos parajes.

Silenciosa y reverentemente me acerqué a ella, y me senté a su lado. No podía yo hablar, así que recurrí al silencio, único lenguaje del corazón, pero sentí que Selma estaba escuchando mi mensaje sin palabras, y que observaba el fantasma de mi alma en mis ojos.

Al cabo de unos minutos, el anciano salió de la casa y me saludó, con la cordialidad de siempre. Al extender la mano hacia mí, sentí como si estuviera bendiciendo los secretos que nos unían a mí y a su hija.

—La cena está servida, hijos míos —dijo el anciano—; entremos a comer.

Nos levantamos de nuestros asientos y lo seguimos; había ojos de Selma brillaban, pues un nuevo sentimiento se había añadido a su amor, al oír que su padre nos decía "hijos míos".

Nos sentamos a la mesa y disfrutamos de la buena comida y del vino añejo, pero nuestras almas estaban viviendo en un mundo muy lejano; éramos tres personas inocentes, que sentían mucho y sabían poco; se estaba desarrollando un drama entre un anciano que amaba a su hija y quería su felicidad, una joven de veinte años que miraba hacia el futuro con ansiedad, y un joven que soñaba y se preocupaba, y que aún no probaba el vino de la vida, ni su vinagre, y que trataba de llegar hasta la altura del amor y del conocimiento, pero que era incapaz de alzarse a sí mismo. Allí estábamos los tres, sentados a la luz del crepúsculo, comiendo y bebiendo en aquella casa solitaria, custodiada por los ojos de Dios, pero en los fondos de nuestras copas se ocultaban la amargura y la angustia.

Al término de la cena, una de las criadas anunció la presencia de un hombre en la puerta que deseaba ver a Farris Efendi.

—¿Quién es? -preguntó el anciano.

—El mensajero del obispo -dijo la criada. Hubo un momento de silencio, durante el cual Farris Efendi miró a su hija, como un profeta que consultara el firmamento para adivinar su secreto. Luego, dijo:

—Que entre.

Poco después, un hombre, en uniforme oriental, y que llevaba un gran bigote retorcido en las puntas, entró al aposento, y saludó al anciano con estas palabras:

—Su Ilustrísima, el obispo, le ha enviado a usted su carruaje particular; desea tratar asuntos importantes con usted.

El rostro del anciano se ensombreció, y su sonrisa se borró. Tras un momento de honda reflexión, se acercó a mí, y me dijo en tono amistoso:

—Espero encontrarte aquí cuando vuelva, pues Selma disfrutará de tu compañía en este lugar solitario.

Y diciendo esto, se volvió hacia Selma, y al tiempo que sonreía le preguntó a la muchacha si estaba de acuerdo. La joven asintió con la cabeza, pero sus mejillas se tornaron rojas, y, con voz más dulce que la música de la lira, dijo:

—Padre, haré lo posible para que nuestro huésped esté contento.

Selma observó el carruaje que llevaba a su padre a casa del obispo, hasta que desapareció de nuestra vista. Luego, se sentó frente a mí en un diván forrado de seda verde. Parecía un lirio doblado hacia la alfombra de verde césped por la brisa de la aurora. Fue voluntad del Cielo que aquella noche estuviera yo a solas con Selma, en su hermosa casa rodeada de árboles, donde el silencio, el amor, la belleza y la virtud, moraban juntos.

Ambos guardábamos silencio, esperando que el otro hablara, pero no es el lenguaje hablado el único medio de comprensión entre dos almas. No son las sílabas que salen de los labios y de las lenguas las que unen a los corazones.

Hay algo más alto y puro de cuanto la boca puede pronunciar. El silencio ilumina nuestras almas, susurra en nuestros corazones, y los une. El silencio que separa de nosotros mismos, nos hace viajar como en un velero por el firmamento del espíritu, y nos acerca al Cielo; nos hace sentir que los cuerpos no son más que prisiones, y que este mundo es sólo un lugar de exilio transitorio.

Selma me miró, y sus ojos reflejaban el secreto de su corazón. Luego, me dijo, en voz alta:

—Vayamos al jardín, sentémonos bajo los árboles y contemplemos la luna saliendo de las montañas. Obedecí, y me levanté de mi asiento, pero vacilé.

—¿No crees que es mejor permanecer aquí, y esperar a que la luna esté alta e ilumine el jardín? —le dije, y añadí -: La oscuridad oculta los árboles y las flores. No podremos ver nada.

—Si la oscuridad oculta los árboles y las flores a nuestros ojos, no podrá ocultar el amor a nuestros corazones —contestó ella.

Y al pronunciar estas palabras en un extraño tono de voz, Selma volvió la mirada hacia la ventana. Guardé silencio, pesando cada palabra de mi amada y saboreando el significado de cada sílaba. Luego, me miró como si lamentara lo que acababa de confesarme, y trató de alejar esas palabras de mi oído con la magia de sus ojos. Pero aquellos ojos, en vez de hacerme olvidar lo que la joven acababa de expresar, repitieron en la profundidad de mi ser, más clara y eficazmente, las dulces palabras que ya se habían grabado en mi memoria, para toda la eternidad.

Cada belleza y cada grandeza de este mundo es creada por una sola emoción, y por un solo pensamiento en el interior del hombre. Cada cosa que vemos hoy, realizada por pasadas generaciones, fue, antes de adquirir su apariencia, antes de aparecer, un solo pensamiento en la mente de un hombre, o un solo impulso en el corazón de una mujer. Las revoluciones que han, derramado tanta sangre, y que han transformado las mentes humanas para orientarlas hacia la libertad, fueron una idea de un hombre, que vivió entre miles de hombres. Las devastadoras guerras que han destruido imperios fueron un pensamiento que existió en la mente de- un individuo. Las supremas enseñanzas que han cambiado el destino de la humanidad fueron inicialmente las ideas de un hombre, cuyo genio lo distinguió de su medio. Un solo pensamiento hizo que se construyeran las Pirámides, un solo pensamiento fundó la gloria del Islam, y un solo pensamiento causó el incendio de la biblioteca de Alejandría.

Un solo pensamiento acudirá en la noche a la mente del hombre, y ese pensamiento puede elevarlo hasta la gloria, o reducirlo al asilo para locos. Una sola mirada de mujer puede hacer del hombre el más feliz del mundo. Una sola palabra de un hombre puede hacernos ricos o pobres.

La palabra que pronunció Selma aquella noche me suspendió entre mi pasado y mi futuro, como un barco anclado en medio del océano. Aquella palabra despertó a mi ser del letargo de la juventud, del sueño de la soledad y me lanzó al escenario de la vida, en que la vida y la muerte representan sus respectivos papeles.

El aroma de las flores se mezclaba con la brisa cuando salimos al jardín y nos sentamos silenciosamente en un banco, cerca de un arbusto de jazmín a escuchar la respiración de la Naturaleza durmiente, mientras en el azul del cielo los ojos de lo inefable presenciaban nuestro drama.

La luna salió desde el monte Sunín y alumbró las costas, las colinas y las montañas. Y podíamos ver las aldeas desparramadas por el valle como apariciones que de pronto surgieran ante algún conjuro de la nada. Podíamos contemplar la belleza de todo el Líbano bajo los plateados rayos de la luna. Los poetas occidentales piensan en el Líbano cono en un sitio legendario, olvidado, puesto que por allí pasaron David, Salomón, y los profetas; como el jardín del Edén, perdido tras la caída de Adán y Eva. Para estos poetas occidentales, la palabra Líbano es una poética expresión, que asocian a la montaña cuyas laderas están perfumadas por el incienso de los Cedros Sagrados. Les recuerdan los templos de cobre y mármol, erectos, firmes e impenetrables, y los rebaños de ciervos pastando en los verdes valles. Aquella noche, yo mismo vi al Líbano de ensueño, con los ojos de un poeta.

Así cambia la apariencia de las cosas según las emociones, y así vemos la magia y la belleza en las cosas, pero lo que sucede es que la belleza y la magia están realmente en nosotros mismos.

Mientras los rayos de la luna brillaban en el rostro, en el cuello y en los brazos de Selma, parecía una estatua de marfil, esculpida por los dedos de algún adorador de Ishtar, la diosa de la belleza y del amor. Y, mirándome, mi amada me dijo

—¿Por qué callas? ¿Por qué no me cuentas algo de tu pasado? Al mirarla, mi mutismo desapareció, y mis labios se abrieron.

—¿No oíste lo que te dije al encaminarnos a este huerto? El espíritu que oye el susurro de las flores y el canto del silencio, también puede oír el estremecimiento de mi alma, y el clamor de mi corazón.

Selma ocultó el rostro en las manos, y me dijo, con voz vacilante:

—Si, te oí: oí una voz que venía del seno de la noche, y un clamor surgiendo del corazón del día.

Y olvidando mi pasado, mi existencia misma, todo lo que no fuera Selma, le repliqué:

—Y yo también te oí, Selma. Oí una música regocijante que vibraba en el aire, y que hizo que todo el universo se estremeciera.

Al oír estas palabras, mi amada cerró los ojos, y en sus labios vi una sonrisa de placer, mezclada con tristeza. —Ahora sé que hay algo más alto que el cielo, y más hondo que el océano, y más extraño que la vida, la muerte y el tiempo. Ahora sé lo que no sabía antes de conocerte... -me susurró suavemente.

En aquel momento, Selma llegó a ser para mí una persona más querida que una amiga, más íntima que una hermana y más adorable que una novia. Llegó a ser un pensamiento supremo; una emoción incontrolable; un hermoso sueño que vivía en mi espíritu.

Nos equivocamos al pensar que el amor nace de una larga camaradería y de perseverante enamoramiento. El amor es el renuevo y el vástago de la afinidad espiritual, y a menos que se cree esa afinidad en un momento dado, no se creará en años, ni en generaciones.

Luego, Selma alzó la cabeza y miró al horizonte, en el que el monte Sunín se encuentra con el cielo. —Ayer eras como un hermano para mí —dijo —con el que me sentaba calmadamente a charlar, bajo los cuidados de mi padre. Ahora siento la presencia de algo más misterioso y dulce que el cariño a un hermano: un sentimiento de naciente amor que no había conocido, y un temor que al mismo tiempo embarga a mi corazón de tristeza y felicidad.

—Esta emoción que nos llena de temor y que nos estremece cuando traspasa nuestros corazones es la ley de la Naturaleza —respondí —que guía a la Luna alrededor de la Tierra, y al Sol alrededor de Dios.

Enseguida mi amada me puso una mano en la cabeza y me acarició el pelo. Su rostro brillaba, y caían lágrimas de sus ojos, como gotas de roció en los pétalos de un lirio.

—¿Quién creerá nuestra historia? —me dijo. —¿Quién creerá que en estas horas hemos franqueado los obstáculos de la duda? ¿Quién creerá que el mes de Nisán, que nos unió, es el mes que nos detuvo en el recinto más santo de la Vida? Su mano estaba todavía en mi cabeza mientras decía esto, y no habría cambiado esa mano por una corona real, ni por una guirnalda de gloria; nada me parecía más valioso y amable que aquella hermosa y suave mano, cuyos dedos jugueteaban con mi pelo.

—La gente no creerá nuestra historia — le dije, —porque no sabe que el amor es la única flor que crece y florece sin el concurso de las estaciones; pero ¿fue realmente el mes de Nisán, que nos reunió, y es esta hora la que nos ha suspendido en el recinto más santo de la Vida? ¿No es la mano de Dios la que nos acercó, y la que hizo que seamos prisioneros uno del otro, hasta que terminen nuestros días y todas nuestras noches? La vida del hombre no empieza en el seno materno, y nunca termina con la muerte, en la tumba; y este firmamento, lleno de luz de luna y de estrellas, no está ayuno de almas que se aman, ni de espíritus intuitivos.

Al retirar Selma la mano de mi pelo, sentí una vibración eléctrica en las raíces de los cabellos, y la sensación se mezcló a la suave caricia de la brisa nocturna. Y como un devoto que recibe la bendición divina al besar el altar, en su santuario, tomé la mano de Selma, y mis ardientes labios depositaron un largo beso en ella, y aún ahora el recuerdo de aquel beso funde mi corazón y su dulzura me extasía.

Transcurrió así una hora, y cada minuto de ella fue un año de amor. El silencio de la noche, la luz de la luna, las flores y los árboles nos hicieron olvidar toda la realidad que no fuera el amor, cuando, de pronto, oímos el galope de unos caballos y el chirrido de las ruedas de un carruaje. Despertados de nuestro placentero arrobamiento, y vueltos bruscamente del mundo de los sueños al mundo de la perplejidad y de las penas, nos dimos cuenta que el anciano había regresado de su visita. Nos levantamos de nuestros asientos, y caminamos por el huerto, para salir a su encuentro.

Al llegar al carruaje a la entrada del jardín, Farris Efendi bajó de él, y caminó lentamente hacia nosotros, con la cabeza inclinada hacia adelante, como si estuviera llevando una pesada carga. Se acercó a Selma, le colocó las manos en los hombros, y la miró profundamente. Las lágrimas corrían por el arrugado rostro del anciano, y sus labios temblaban con forzada sonrisa triste. Con voz quebrada por la emoción, le dijo —Amada Selma, hija mía, muy pronto, te alejarán de los brazos de tu padre, para que vayas a los brazos de otro hombre. Muy pronto el Destino te arrancará de esta solitaria casa, y te llevará al espacioso mundo, y este jardín perderá la presión de tus pasos, y tu padre será un extraño para ti. Ya está decidido. ¡Que Dios te bendiga!

Al oír estas palabras, el rostro de Selma se ensombreció, y sus ojos se helaron, como si hubiera sentido una premonición de la muerte. Luego, lanzó un grito, como un ave a la que se abate un tiro, y con visible dolor, temblando, dijo, con voz quebrada:

-¿Qué dices? ¿Qué quieres decir? ¿Adónde me vas a enviar? -Luego, miró a su padre como tratando de descifrar su secreto. Un momento después, dijo: —Comprendo. Lo comprendo todo. El obispo te ha pedido mi mano, y ha preparado una jaula para este pajarillo de alas rotas. ¿Es ese tu deseo, padre?

La respuesta del anciano fue un profundo suspiro. Condujo a Selma al interior de la casa, con ternura, y mientras, yo permanecía de pie en el jardín, sintiendo que la perplejidad me invadía en oleadas, como una tempestad sobre las hojas de otoño. Luego, los seguí hasta la sala, y para evitar una escena molesta, estreché la mano del anciano, dirigí una larga mirada a Selma, mi hermosa estrella, y salí de la casa.

Cuando iba yo llegando al extremo del jardín, oí la voz del anciano que me llamaba y me volví para ir a su encuentro. Me tomó de la mano y se disculpó.

—Perdóname, hijo mío. Te he echado a perder la noche con mis lágrimas, pero por favor ven a verme cuando mi casa esté vacía, y me encuentre yo solo y desesperado. La juventud, mi querido hijo, no armoniza con la noche; pero tú tendrás la bondad de venir a verme y de recordarme aquellos días de mi juventud compartidos con tu padre, y me darás las noticias que haya en la vida la cual ya no me contará entre sus hijos. ¿Vendrás a visitarme cuando Selma se vaya y me quede aquí completamente solo?

Mientras el anciano pronunciaba estas tristes palabras, estreché su mano silenciosamente y sentí que unas lágrimas tibias caían de sus ojos hasta mi mano. Temblando de tristeza y de afecto filial, salí de aquella casa con el corazón inundado de pena. Pero antes de salir alcé el rostro, y él vio lágrimas en mis ojos; se inclinó hacia mí, me dio un beso en la frente.

—¡Adiós, hijo mío! ¡Adiós! —me dijo.

Las lágrimas de un anciano son más potentes que las de un joven, porque constituyen el residuo de la vida en un cuerpo que se va debilitando. Las lágrimas de un joven son como una gota de rocío en el pétalo de una rosa, mientras que las de un anciano son como una hoja amarillenta que cae al embate del viento cuando se aproxima el invierno.

Cuando salí de la casi de Farris Efendi Karamy, la voz de Selma aún vibraba en mis oídos; su belleza me seguía como un espectro y las lágrimas de su padre se iban secando en mi mano.

Mi vida fue como la salida de Adán del Paraíso, pero la Eva de mi corazón no estaba conmigo para hacer del mundo entero un

Edén. Aquella noche, en que había yo nacido por segunda vez, sentí también que había visto el rostro de la muerte por vez primera.

Así, el sol puede dar la vida y matar poco después, con su calor, los sembrados campos.

EL LAGO DE FUEGO

Todo lo que hace el hombre secretamente en la oscuridad de la noche será revelado claramente a la luz del día. Las palabras que se pronuncian en privado se convertirán inesperada mente en conversación común. Los actos que hoy escondemos en los rincones de nuestra casa mañana serán pregonados en cada calle.

Así los fantasmas de la oscuridad revelaron el propósito de la entrevista del obispo Bulos Galib con Farris Efendi Karamy, y la conversación que sostuvieron fue repitiéndose por todo el vecindario, hasta que llegó a mis oídos.

La discusión que tuvo lugar aquella noche entre el obispo Bulos Galib y Farris Efendi no fue acerca de los problemas de los pobres, de las viudas y de los huérfanos. El propósito principal de mandar llamar a Farris Efendi y de llevarlo en el coche del obispo fue pedir la mano de Selma para el sobrino del obispo, Mansour Bey Galib.

Selma era la única hija del acaudalado Farris Efendi, y la elección del obispo recayó en Selma, no por su belleza y su noble espíritu, sino por el dinero de su padre, que garantizaba a Mansour Bey una gran fortuna y haría de él un hombre importante.

Los jefes religiosos del cercano Oriente no se conformaban con su propia opulencia, sino que tratan de que todos los miembros de sus familias tengan posiciones de dominio y formen parte de la clase opresora. La gloria de un príncipe se transmite por herencia a su primogénito, pero la exaltación de un jefe religioso debe ser como un contagio entre sus hermanos y sobrinos. Así, los obispos cristianos, los imanes mahometanos y los sacerdotes brahmanes se convierten en pulpos que atrapan a sus presas con muchos tentáculos, y succionan su sangre con muchas bocas.

Cuando el obispo pidió la mano de Selma para su sobrino, la única respuesta que recibió del anciano fue un profundo silencio, y amargas lágrimas, pues le dolía perder a su hija única. El alma de cualquier hombre tiembla cuando se lo separa de su hija única, a la que ha criado amorosamente y que ya se ha convertido en joven hermosa.

La tristeza de los padres cuando se casa una hija es igual a su felicidad cuando se casa un hijo, porque un hijo aporta a la familia un nuevo miembro, mientras que una hija, al casarse se aleja de la familia.

Farris Efendi tuvo que plegarse a la petición del obispo, aunque con renuncia, porque Farris Efendi sabía muy bien que el sobrino del obispo era un hombre peligroso, lleno de odio, malvado y corrompido.

En el Líbano, ningún cristiano puede oponerse a la voluntad de su obispo sin perder su buena fama. Ningún hombre puede desobedecer a su jefe religioso sin perder su buena reputación. El ojo no podría resistirse a la amenaza de una lanza sin recibir cruel herida, y la mano que empuñara la espada contra el jefe espiritual sería arrancada del brazo.

Supongamos que Farris Efendi se hubiera opuesto a la voluntad del obispo y que no hubiera obedecido a su deseo; la reputación de Selma se habría enlodado y su nombre habría corrido de boca en boca, irreparablemente sucio. Porque, para la zorra, los racimos de uvas que están demasiado altos están verdes y no son apetecibles.

De esta manera, el destino hizo presa de Selma y la condujo, como a una humillada esclava, a la numerosa procesión de las sufridas mujeres orientales, y así cayó ese noble espíritu en la trampa, después de haber volado libremente con las blancas alas del amor, bajo un cielo nimbado de luz de luna y aromatizado con la esencia de las flores.

En algunos países, la riqueza de los padres es una fuente de sufrimientos para los hijos. El fuerte y pesado cofre que el padre y la madre han utilizado como garantía de seguridad y de riqueza llega a ser una estrecha y oscura prisión para las almas de sus herederos. El todopoderoso Dinar, la moneda a la que la gente rinde culto, llega a ser un demonio que castiga el espíritu y aniquila a los corazones.

Selma Karamy fue una de esas víctimas de la riqueza de sus padres y de la voracidad de su prometido.

Si no hubiera sido por la riqueza de su padre, Selma viviría aún, sana y feliz.

Transcurrió una semana. El amor de Selma era mi único pensamiento, que por la noche me cantaba canciones, y que me despertaba al alba para revelarme el misterio de la vida y los secretos de la Naturaleza. Un amor como el que yo le tenía a Selma es un amor celestial, desprovisto de celos, rico, y que nunca hace daño al espíritu. Es una profunda afinidad que sumerge al alma en una fuente de alegría; es una gran hambre de afecto y ternura que, cuando se satisface, llena el alma de bondad y riqueza; es una ternura que crea esperanza sin agitar el alma, transformando la tierra en paraíso y la vida en un dulce y hermoso sueño. Por las mañanas, cuando caminaba yo por los campos, veía un signo de la Eternidad en el despertar de la Naturaleza, y al sentarme en la playa escuchaba yo las olas, entonando el cántico de la Eternidad. Y al caminar por las calles veía la belleza de la vida y el esplendor de la humanidad, en la apariencia de los transeúntes y en los movimientos de los trabajadores.

Aquellos días pasaron como fantasmas y desaparecieron como nubes, y pronto no dejarían en mí sino tristes recuerdos. Los ojos con los que solía yo mirar la belleza de la primavera y el despertar de la Naturaleza ya no podían ver sino la furia de la tempestad y la miseria del invierno. Mis oídos, que antes oían con agrado el canto de las olas, ya sólo oían el ulular del viento y el embate del mar contra los acantilados. El alma que antes observaba feliz el vigor incansable de la humanidad y la gloria del Universo, sentía la tortura del conocimiento de su decepción y frustración. Nada había sido más hermoso que aquellos días de amor, y nada era más amargo que aquellas horribles noches de tristeza.

Un fin de semana, no pudiendo ya contenerme, me dirigí una vez más a la casa de Selma, al santuario que la Belleza había erigido y que el Amor había colmado de bendiciones, en la que el espíritu podía rendir culto y el corazón podía arrodillarse humildemente, y orar. Al entrar nuevamente en el jardín, sentí que un poder ignoto me sacaba de este mundo y me colocaba en una esfera sobrenatural, liberada de la lucha y de las penalidades. Como un místico que recibiera una revelación celestial, me vi a mí mismo entre los árboles y las flores, y al aproximarme a la casa vi a Selma sentada en un banco a la sombra del jazmín, donde habíamos estado juntos hacía una semana, aquella noche que la Providencia había elegido para que nacieran al unísono mi felicidad y mi tristeza.

Mi amada no hizo ningún movimiento, ni habló, al acercarme a ella. Parecía saber intuitivamente que iba yo a llegar y al sentarme a su lado, me miró un momento y exhaló un profundo suspiro; luego, volvió la cabeza y miró hacia el cielo. Y, al cabo de un momento lleno de mágico silencio, se volvió hacia mí y, temblando, tomó mi mano en las suyas, y me dijo con desmayada voz:

—Mírame, amigo mío: examina mi rostro y lee en él lo que quieres saber y lo que no puedo decirte.

Mírame, amado mío: mírame, hermano mío.

La miré atentamente y vi que aquellos ojos que días antes habían sonreído como labios felices, y que habían aleteado comes un ruiseñor, estaban hundidos y helados con la tristeza y el dolor. Su rostro, que había sido como un lirio que abriera sus pétalos bajo la caricia del sol, se había marchitado y no mostraba ningún color. Sus dulces labios eran como dos rosas anémicas que el otoño ha dejado en sus tallos. Su cuello, que había sido una columna de marfil, se inclinaba hacia adelante, como si ya no pudiese soportar la carga del dolor que albergaba su cabeza.

Observé todos estos cambios en el rostro de Selma, pero para mí eran como una nube pasajera que cubre el rostro de la luna y la hace más bella. Una mirada que revela un dolor interno añade más belleza al rostro, por más tragedia y dolor que refleje; en cambio, el rostro que silencioso no exterioriza ocultos misterios, no es hermoso, por más simétricas que sean sus facciones. La copa no atrae a nuestros labios, a menos que veamos el color del vino a través del cristal transparente.

Aquella tarde, Selma era como una copa rebosante de vino celestial, especiado con lo amargo y lo dulce de la vida. Sin saberlo, mi amada simbolizaba a todas las mujeres orientales, que no abandonan el hogar de sus padres hasta que les echan al cuello el pesado yugo del esposo, y que no salen de los amantes brazos de sus madres hasta que van a vivir en calidad de esclavas a otro hogar, donde tienen que soportar los malos tratos de la suegra.

Seguí mirando a Selma, y escuchando los gritos de su espíritu deprimido, y sufriendo junto con ella, hasta que sentí que el tiempo se había detenido, y que el universo había vuelto a la nada. Lo único que podía yo ver eran sus grandes ojos que me miraban fijamente, y lo único que podía sentir era su fría, temblorosa mano, que apretaba la mía.

Salí de mi letargo al oír que Selma decía con voz queda:

—Ven, amado mío; hablemos del horrible futuro antes de que llegue. Mi padre acaba de salir para ver al hombre que va a ser mi compañero hasta la muerte. Mi padre, al que Dios escogió como autor de mis días, se entrevistará con el hombre que el mundo ha elegido para que sea mi amo por el resto de mis días. En el corazón de esta ciudad, el anciano que me acompañó en mi juventud verá al hombre joven que será mi compañero en los años futuros. Esta noche, ambas familias fijarán la fecha del matrimonio. ¡Qué extraña e impresionante hora! La semana pasada, a esta misma hora, bajo este mismo jazmín, el Amor besó mi alma por vez primera, mientras el Destino estaba escribiendo la palabra decisiva de mi vida en la mansión del obispo. Y ahora, mientras mi padre y mi pretendiente están fijando el día de matrimonio, veo que tu espíritu vaga en torno a mí como un pájaro sediento, que aletea desesperado sobre un manantial, vigilado por una hambrienta serpiente. ¡Ah!, ¡cuán grande es esta noche, y cuán hondo es su misterio!

Al oír esas palabras, sentí que el oscuro fantasma de la desesperanza se apoderaba de nuestro amor, para aniquilarlo en su infancia.

—Este pájaro seguirá aleteando sobre ese manantial —le dije —hasta que la sed lo aniquile, o hasta que caiga en las fauces de una serpiente, y sea presa del reptil.

—No, amado mío -me replicó Selma-; ese ruiseñor debe seguir viviendo y cantando, hasta que llegue la oscuridad; hasta que pase la primavera; hasta el fin del mundo, y debe seguir cantando eternamente. Su voz no debe sofocarse, porque da vida a mi corazón, y sus alas no deben quebrarse porque su movimiento ahuyenta las nubes de mi corazón. —Selma, amada mía, la sed matará a ese ruiseñor, y si no la sed, el miedo - susurré.

Y ella me respondió inmediatamente, con labios temblorosos:

—La sed del alma es más dulce que el vino de las cosas materiales, y el temor del espíritu es más valioso que la seguridad del cuerpo. Pero escucha, amado mío: escúchame con atención: este día estoy en el umbral de una nueva vida, de la que nada sé. Soy como un ciego que camina a tientas y que procura no caer. La riqueza de mi padre me ha llevado al mercado de las esclavas, y ese hombre codicioso me ha comprado. No lo conozco ni lo amo, pero aprenderé a amarlo, lo obedeceré, le serviré, y lo haré feliz. Le daré todo lo que una débil mujer puede darle a un hombre fuerte.

"Pero tú, amado mío, aún estás en lo mejor de la vida. Puedes caminar libremente por la senda espaciosa de la vida alfombrada de flores. Eres libre para atravesar el ancho mundo, haciendo de tu corazón una antorcha que ilumine tu camino. Puedes pensar, hablar, y actuar libremente; puedes escribir tu nombre en el rostro de la vida, pues eres hombre; puedes vivir como un amo, porque la riqueza de tu padre no te llevará al mercado de esclavos, y no te comprarán ni te venderán; puedes casarte con la mujer que elijas, y antes de que viva en tu hogar puedas albergarla en tu corazón, y puedes intercambiar confidencias con ella, sin ningún obstáculo.

Reinó un momento el silencio, y luego Selma continuó:

—Pero, ¿es hora de que la Vida nos aparte para que tú puedas alcanzar la gloria del hombre, y para que yo me vaya a cumplir con los deberes de la mujer? ¿Para esto el valle se traga en sus profundidades la canción del ruiseñor, y para esto el viento esparce los pétalos de la rosa, y para esto los pies han apisonado el vino? ¿Fueron en vano todas esas noches que pasamos a la luz de la luna bajo el jazmín, donde nuestras almas se unieron? ¿Hemos volado velozmente hacia las estrellas hasta que se cansaron nuestras alas, y estamos descendiendo ahora al abismo? ¿O acaso el Amor estaba dormido cuando vino a nosotros, y al despertar montó en ira, y decidió castigarnos? ¿O quizá nuestros espíritus transformaron la brisa de la noche en un viento huracanado que nos hizo pedazos y nos barrió, como si fuéramos polvo, a la profundidad del valle? Nosotros no hemos desobedecido a ningún mandamiento, ni hemos probado el fruto prohibido, así que, dime, ¿qué nos obliga a abandonar este paraíso? Nosotros nunca hemos conspirado ni nos hemos rebelado; entonces, ¿por qué estamos bajando al infierno? No, no; los momentos que nos unieron son más grandes que los siglos, y la luz que iluminó nuestros espíritus es más fuerte que la oscuridad; y si la tempestad nos separa en este océano borrascoso, las olas nos unirán nuevamente en la playa tranquila; y si esta vida nos mata, la muerte nos unirá. El corazón de una mujer no cambia con el tiempo ni con las estaciones; e incluso si muere cada día, en la eternidad, nunca perece. El corazón de una mujer es como un campo, convertido en campo de batalla: después que los árboles se han desarraigado y que el césped se ha quemado, y que las rocas se han teñido de roja sangre, y después de que la tierra se ha sembrado de huesos y de cráneos, ese campo permanece quieto y silencioso, como si nada hubiera pasado; porque la primavera y el otoño vuelven a su, debido tiempo, y reanudan su labor.

"Y ahora, amado mío, ¿qué haremos? ¿Cómo nos separaremos, y cuándo volveremos a encontrarnos? ¿Hemos de considerar que el amor fue un visitante extranjero, que llegó en la noche y nos abandonó por la mañana? ¿O supondremos que este cariño fue un sueño que llegó a nosotros mientras dormíamos, y que se marchó cuando despertamos?

"¿Consideraremos que esta semana fue una hora de ebriedad, a la que seguirá la serenidad? Alza el rostro y mírame, bien amado; abre la boca y déjame oír tu voz. ¡Háblame! ¿Te acordarás de mí después de que esta tempestad haya hundido el barco de nuestro amor? ¿Oirás el susurro de mis alas en el silencio de la noche? ¿Oirás mi espíritu vagando y aleteando en torno a ti? ¿Escucharás mis suspiros? ¿Verás mi sombra aproximarse a ti con las sombras del anochecer, y verás que luego se desvanece con el resplandor de la aurora? Dime, amado mío, ¿qué serás después de haber sido un mágico rayo de luz para mis ojos, una dulce canción para mis oídos, y unas alas para mi alma? ¿Qué serás después?

Al oír estas palabras, sentí que mi corazón se deshacía. —Seré lo que tú quieras que sea, amada mía —le contesté. —Quiero que me sigas amando como ama un poeta sus melancólicos pensamientos -me dijo ella a continuación. Quiero que me recuerdes como un viajero recuerda el quieto estanque en que se reflejó su imagen, al saciar la sed en cristalinas aguas. Quiero que me recuerdes como recuerda una madre a su hijo muerto antes de nacer, y quiero que me recuerdes como un rey misericordioso recuerda a un prisionero, muerto antes de que llegara el perdón real. Quiero que seas mi compañero y que visites a mi padre, y lo consueles en su soledad, porque pronto lo abandonaré, y seré una extraña para él.

—Haré todo lo que me has dicho —le contesté, —y haré de mi alma un abrigo para tu alma, y de mi corazón una residencia para tu belleza, y de mi pecho una tumba para tus penas.

Te amaré, Selma, como las praderas aman a la primavera, y viviré en ti la vida de una flor bajo los rayos del sol. Cantaré tu nombre como el valle canta el eco de las campanas de las iglesias aldeanas; escucharé el lenguaje de tu alma como la playa escucha su amado país, y como un hambriento recuerda un banquete, y como un rey destronado recuerda los días de su gloria, y como un prisionero recuerda las horas de su libertad. Te recordaré como un labrador recuerda las gavillas de trigo en su era, y como un pastor recuerda los verdes prados y los alegres arroyos.

Selma escuchaba mis palabras con el corazón palpitante.

Mañana, la verdad será fantasmal, y el despertar será como un sueño —agregó. — ¿Acaso un amante estará satisfecho con abrazar a un fantasma, o acaso un hombre sediento saciará la sed con el manantial de un sueño?

—Mañana —contesté, —el destino te colocará entre una familia pacífica, pero a mí me enviará al mundo lleno de luchas y guerras. Tú estarás en el hogar de una persona cuya buena suerte lo ha hecho el más afortunado de los hombres, al gozar de tu belleza y de tu virtud, mientras que yo llevaré una vida de sufrimientos y temores. Tú entrarás por la puerta de la vida, mientras que yo entraré por la puerta de la muerte. A ti te recibirán con hospitalidad, mientras que yo llevaré una existencia solitaria, pero erigiré una estatua de amor y le rendiré culto en el valle de la muerte. El amor será mi único remedio para mis penas, y beberé el amor como un vino, y lo llevaré como un traje. En las auroras, el amor me despertará de mi sueño y me llevará a un campo lejano, y al mediodía me llevará a la sombra de los árboles, donde me guareceré, junto con los pájaros, del calor del sol. Por la tarde, el amor me hará hacer una pausa antes del ocaso, para oír el adiós de la Naturaleza, que se despide cantando de la luz del día, y el amor me mostrará fantasmales nubes que surcarán el cielo. Por las noches, el amor me abrazará y dormiré, soñando con el mundo celestial donde moran felices los espíritus de los amantes y de los poetas. En la primavera, caminaré al lado del amor entre violetas y jazmines y beberé las últimas gotas del invierno en los cálices de los lirios. En el verano, haremos almohadas con heno, y el césped será nuestro lecho, y el cielo azul nos cobijará mientras contemplamos las estrellas y la luna.

"En el otoño, el amor y yo iremos a los viñedos y nos sentaremos cerca del lugar, y observaremos cómo se desnudan las uvas de sus adornos de oro, y las aves migratorias pasarán en bandadas sobre nosotros. En el invierno, el amor y yo nos sentaremos cerca del fogón, a contarnos historias de hace mucho tiempo, y crónicas de lejanos países. Mientras dure mi juventud, el amor será mi maestro; en mi edad madura, será mi auxiliar, y en mi vejez será mi delicia. Amada Selma mía, el amor estará conmigo hasta el fin de mi vida, y después de la muerte, la mano de Dios nos volverá a unir.

Todas estas palabras salieron de lo profundo de mi corazón, como llamas que salen, ávidas, de una fogata para luego desaparecer, convertidas en cenizas. Selma lloraba, como si sus ojos fueran labios que me contestaran con lágrimas.

Aquellos a quienes el amor no ha dado alas no pueden volar detrás de la nube de las apariencias, para ver el mágico mundo en que el espíritu de Selma y el mío existían unidos en aquella hora, al mismo tiempo triste y feliz. Aquellos a quienes el amor no ha elegido no oyen cuando el amor llama. Esta historia no es para ellos. Porque, aunque comprendieran estas páginas, no serían capaces de captar los significados ocultos que no se visten de palabras, y que no pueden imprimirse en el papel; pero, ¿qué clase de ser humano es aquel que nunca ha bebido el vino con la copa del amor, y qué espíritu es el que nunca ha acudido reverentemente al iluminado altar del templo, cuyo piso está constituido por los corazones de los hombres y de las mujeres, y cuyo techo es el secreto palio de los sueños? ¿Qué flor es esa en cuyos pétalos la aurora nunca ha dejado caer una gota de rocío? ¿Qué arroyuelo es ése que perdió su curso sin llegar hasta el mar?

Selma alzó el rostro hacia el cielo, y se quedó contemplando las estrellas que tachonaban el firmamento. Extendió las manos; sus ojos parecieron agrandarse, y sus labios temblaron. En su pálido rostro podía yo ver los signos de la tristeza, de la opresión, de la desesperanza y del dolor.

—¡Oh, Señor! —exclamó, —¿qué ha hecho esta pobre mujer para ofenderte? ¿Qué pecado ha cometido para merecer tal castigo? ¿Por qué crimen se le ha infligido este castigo eterno? Señor, tú eres fuerte, y yo soy débil. ¿Por qué me has hecho sufrir este dolor? Tú eres grande y todopoderoso, mientras que yo no soy más que una insignificante criatura que se arrastra ante tu trono. ¿Por qué me has aplastado con tu pie? Tú eres la estruendosa tempestad, y yo soy como el polvo; ¿por qué, mi Señor, me has arrojado a esa fría tierra? Tú eres poderoso, y yo soy desvalida; ¿por qué me combates? Tú eres misericordioso, y yo soy prudente; ¿por qué me estás destruyendo? Tú has creado a la mujer con amor; entonces, ¿por qué, con amor, la aniquilas? ¿Por qué con tu mano izquierda me precipitas al abismo? Esta pobre mujer lo ignora. En su boca Tú soplaste el aliento de la vida, y en su corazón sembraste las semillas de la muerte. Le mostraste el camino de la felicidad, pero la has conducido al camino de la miseria; en su boca pusiste un canto de felicidad, pero luego cerraste sus labios con la tristeza, y paralizaste su lengua con el dolor de la agonía. Con tus misteriosos dedos curas sus heridas, pero con tus manos también das dolor a sus placeres. En su lecho pusiste el placer y la paz, pero a su lado eriges obstáculos y temor. Hiciste que en ella surgiera el afecto, por tu voluntad, y de su afecto surge la vergüenza. Tu voluntad le mostró la belleza de la Creación, pero su amor por la belleza se ha convertido en un hambre terrible. Le hiciste beber 1a vida en la copa de la muerte, y la muerte, en la copa de la vida.

"Tú purificaste a esta mujer con lágrimas, y con lágrimas su vida transcurre. ¿Oh, Señor! Tú me has abierto los ojos con amor, y con amor me has cegado. Tú me has besado con tus divinos labios y me has golpeado con tu divina mano poderosa. Tú has plantado en mi corazón una rosa blanca, pero alrededor de la rosa has puesto una barrera de espinas. Tú has unido mi presente con el espíritu de un joven al que amo, pero has unido mi vida al cuerpo de un hombre desconocido. Así pues, Señor, ayúdame a ser fuerte en esta lucha mortal, y asísteme para que pueda ser veraz y virtuosa hasta la muerte. ¡Hágase tu voluntad, oh Dios!

Hubo un gran silencio. Selma miró hacia abajo, pálida y cansada; sus brazos cayeron, y su cabeza se inclinó, y me pareció como si una tempestad hubiera roto la rama de un árbol, y la hubiera arrojado al suelo, seca y muerta.

Le tomé la fría mano y se la besé, pero cuando traté de consolarla, era yo el que necesitaba más consuelo. Guardé silencio, pensando en nuestro dolor y escuchando los latidos de mi corazón. Ni ella ni yo dijimos nada más.

El dolor extremo es mudo, por lo que nos sentamos en silencio, petrificados, como columnas de mármol enterradas bajo la arena después de un terremoto. Ninguno quería escuchar al otro, porque las fibras de nuestros corazones se habían debilitado, y sentíamos que hasta un suspiro podría romperlas.

Era la media noche, y podíamos ver la luna creciente alzándose detrás del monte Sunín, y parecía la luna, en medio de las estrellas, como el rostro de un cadáver en un ataúd rodeado de las vacilantes luces de unos cirios. Y el Líbano parecía un anciano cuya espalda estuviera doblada por la edad, y cuyos ojos fueran un golfo de insomnio, observando la oscuridad y esperando a la aurora; como un rey que estuviera sentado sobre las cenizas de su trono, en las ruinas de su palacio.

Las montañas, los árboles, los ríos, cambian de apariencia con las vicisitudes de los tiempos, y con las estaciones, así como el hombre cambia con sus experiencias y sus emociones. El solitario chopo que a la luz del día, parece una novia vestida, parecerá una columna de humo en la noche; la gigantesca roca que se yergue desafiante en el día, parecerá un miserable mendigo en la noche, con la tierra como lecho y el cielo como frazada; y el riachuelo que vemos saltando en la mañana y al que oímos cantar el himno de la eternidad, por las noches nos parecerá un río de lágrimas, llorando como una madre que ha perdido a su hijo, y, el monte Líbano, que una semana antes nos parecía majestuoso, cuando la luna era llena y nuestro espíritu estaba gozoso, nos parecía triste y solitario aquella noche.

Nos pusimos en pie y nos dijimos adiós, pero el amor y la desesperación estaban entre nosotros como dos fantasmas, uno de ellos extendiendo sus alas, y con los dedos en nuestras gargantas, el otro; llorando, uno, y el otro riendo sarcásticamente.

Al tomar la mano de Selma y llevarla a mis labios, mi amada se me acercó y me dio un beso en la frente, para luego dejarse caer en la banca de madera. Cerró los ojos suspirando quedamente —¡Oh Dios, ten piedad de mí, y cura mis alas rotas! —dijo. Al dejar a Selma en el jardín, sentí que todos mis sentidos se cubrían con espeso velo, como un lago cuya superficie está oculta por la niebla.

La belleza de los árboles, la luz de la luna, el profundo silencio que reinaba, todo en torno de mí me pareció feo y espantoso. La verdadera luz que me había mostrado la belleza y la maravilla del universo se había convertido en una gran llama que consumía mi corazón y la música eterna que antes escucharon mis oídos, se volvió un estruendoso grito, más aterrorizante que el rugido de un león.

Llegué a mi habitación, y como un pájaro herido derribado por el cazador, me dejé caer en el lecho, repitiendo las palabras de Selma:

—¡Oh Dios, ten piedad de mí, y cura mis alas rotas!

ANTE EL TRONO DE LA MUERTE

El matrimonio, en estos días, es una farsa en manos de los jóvenes casaderos y de los padres. En la mayoría de los países, los hombres casaderos ganan, y los padres pierden el juego. La mujer se considera como un bien de consumo, se persigue y pasa de una casa a otra, como algo que se compra. Con el tiempo, la belleza de la mujer se marchita, y llega a ser una especie de mueble viejo al que se abandona en un rincón oscuro.

La civilización moderna ha hecho a la mujer un poco más lúcida, pero ha incrementado sus sufrimientos, por la codicia del hombre. La mujer de épocas pasadas solía ser una esposa feliz, pero la mujer de hoy suele ser una miserable y desventurada amante. En el pasado, caminaba ciegamente en la luz, pero ahora camina en la oscuridad con los ojos abiertos. Antes era hermosa en su ignorancia, virtuosa en su simplicidad y fuerte en su debilidad. Hoy, se ha vuelto fea en su ingenuidad, y superficial e insensible en su conocimiento. ¿Llegará el día en que la belleza y el conocimiento, la ingenuidad y la virtud, y la debilidad del cuerpo, aunada a la fuerza espiritual, se conjuguen en una mujer?

Soy de los que creen que el progreso espiritual es la norma de la vida humana, pero el avance hacia la perfección es lento y doloroso. Si la mujer se eleva en un aspecto y se retrasa en otro, es porque el áspero sendero que conduce a la cima de la montaña no está libre de las emboscadas que le tienden los ladrones, los mentirosos y los lobos.

La extraña generación actual existe entre el sueño y la vigilia activa. Tiene en sus manos el suelo del pasado y las semillas del futuro. Sin embargo, en cada ciudad encontramos a una mujer que simboliza el futuro.

En la ciudad de Beirut, Selma Karamy era el símbolo de la futura mujer oriental, pero, como muchos que viven adelantándose a su tiempo, fue víctima del presente; y como una flor arrancada de su tallo y barrida por la corriente de un río, tuvo que caminar en la doliente procesión de las derrotadas.

Mansour Bey Galib y Selma se casaron, y se fueron a vivir en una hermosa casa en Ras Beirut, donde residían los acaudalados dignatarios. Farris Efendi Karamy se quedó en su casa solitaria, en medio de su jardín y de sus huertos, como un pastor solitario entre su rebaño.

Pasaron los días y las noches festivas de las bodas, pero la luna de miel dejó recuerdos de amarga tristeza, así como la guerra deja calaveras y huesos muertos en el campo de batalla. La dignidad de la ceremonia del matrimonio, en Oriente, inspirándoles ideas en los corazones de los desposados, pero al terminar las fiestas, tales nobles ideas suelen caer en el olvido como grandes rocas al fondo del mar. El entusiasmo primero se convierte en huellas sobre la arena, que sólo durarán hasta que las barran las olas.

Se fue la primavera, y pasaron también el verano y el otoño, pero mi amor por Selma crecía cada vez más, hasta que se convirtió en una especie de culto mudo, como lo que siente un huérfano por el alma de su madre que se ha ido al Cielo. Y mi sufrimiento se convirtió en una ciega tristeza que sólo podía verse a sí misma, y la pasión que había arrancado lágrimas a mis ojos fue substituida por una depresión que succionaba la sangre de mi corazón, y mis suspiros de cariño se convirtieron en una constante oración por la felicidad de Selma y la de su esposo, y por qué su padre tuviera paz.

Mis esperanzas y mis oraciones fueron vanas, porque el dolor de Selma era una enfermedad interna que sólo la muerte podía curar.

Mansour Bey era un hombre al que todos los lujos de la vida le habían llegado fácilmente; pero a pesar de ello, era insaciable y rapaz. Después de casarse con Selma este hombre no se condolió de la soledad del anciano padre de su esposa, y deseaba secretamente su muerte, para poder heredar lo que quedaba de la fortuna del anciano.

El carácter de Mansour Bey era muy parecido al de su tío; la única diferencia entre ambos era que el obispo lo obtenía todo secretamente, al amparo de sus ropas talares y de la cruz de oro que llevaba colgada al cuello, mientras que su sobrino cometía sus fechorías sin recato alguno. El obispo iba a la iglesia por las mañanas, y pasaba el resto del día robando a las viudas, a los huérfanos y a los ignorantes. En cambio, Mansour Bey ocupaba sus días en la búsqueda continua de placeres sexuales. Los domingos, el obispo Bulos Galib predicaba el Evangelio; pero durante el resto de la semana nunca practicaba lo que predicaba, y sólo se ocupaba de las intrigas políticas de la región. Y por medio del prestigio y de la influencia de su tío, Mansour Bey hacía un gran negocio, consiguiendo puestos políticos a quienes pudieran proporcionarle, a cambio, considerables sumas de dinero.

El obispo Bulos era un ladrón que se ocultaba en la noche, mientras que su sobrino Mansour Bey era un timador que caminaba orgullosamente y hacía todos sus tortuosos negocios a la luz del día. Sin embargo, los pueblos de las naciones orientales confían en hombres como éstos: lobos y carniceros que arruinan a sus países con sus codiciosas intrigas, y que aplastan a sus vecinos con mano de hierro.

¿Por qué lleno estas páginas con palabras acerca de los traidores que arruinan a las naciones pobres, en vez de reservar todo el espacio para la historia de una desventurada mujer de corazón roto? ¿Por qué derramo lágrimas por los pueblos oprimidos en vez de reservar todas mis lágrimas para el recuerdo de una débil mujer cuya vida fue aniquilada por los dientes de la muerte?

Pero, mis queridos lectores, ¿no creen ustedes que tal mujer es como una nación oprimida por los sacerdotes y por los malos gobernantes? ¿No creen ustedes que un amor frustrado que lleva a una mujer a la tumba es como la desesperación que aniquila a los pueblos de la Tierra? Una mujer es; respecto a una nación, como la luz a la lámpara. ¿No será débil la luz si el aceite de la lámpara escasea?

Pasó el otoño, y el viento hizo caer de los árboles las hojas amarillentas, dando paso al invierno, que llegó con aullidos de fiera. Aún vivía yo en la ciudad de Beirut, sin más compañía que mis sueños, que antes habían elevado mi espíritu hacia el cielo, y que luego lo enterraron profundamente en el seno de la tierra.

El espíritu triste encuentra consuelo en la soledad. Aborrece a la gente, como un ciervo herido se aparta del rebaño y vive en una cueva, hasta que sana o muere.

Un día, supe que Farris Efendi estaba enfermo. Salí de mi solitaria morada y caminé hasta la casa del anciano, tomando una nueva ruta; un sendero solitario entre olivos, pues quería evitar el camino principal, muy transitado por carruajes.

Al llegar a la, casa del anciano, entré y encontré a Farris Efendi acostado en el lecho, débil y pálido. Sus ojos estaban hundidos, y parecían dos profundos, oscuros valles, poblados por fantasmas de dolor. La sonrisa que siempre había dado vida a aquel rostro estaba distorsionada por el dolor y la agonía; y los huesos de sus nobles manos parecían ramas desnudas temblando ante la tempestad. Al acercarme y pedirle noticias de su salud, volvió el pálido rostro hacia mí, y en sus temblorosos labios se esbozó una sonrisa, y me dijo, con débil voz:

—Ve, hijo mío, al otro cuarto, a consolar a Selma, y dile que venga a sentarse a mi lado.

Entré en la habitación contigua a la del anciano, y encontré a Selma recostada en un diván, con la cabeza entre los brazos, y con el rostro pegado a una almohada, para que su padre no oyera sus sollozos. Acercándome sigilosamente, pronuncié su nombre con voz que más parecía un suspiro que un susurro. Se volvió atemorizada, como si despertara de una pesadilla, y se sentó mirándome a los ojos, dudando si era yo un fantasma o un ser viviente. Tras un profundo silencio, que nos llevó en alas del recuerdo a la hora en que estábamos embriagados con el vino del amor, Selma se secó las lágrimas.

—¡Ve cómo el tiempo nos ha cambiado! -dijo -. ¡Ve cómo el tiempo ha cambiado el curso de nuestras vidas, dejándonos con este aspecto ruinoso! En este mismo sitio, la primavera nos unió con lazos de amor, y en este sitio nos ha conducido ante el trono de la muerte. ¡Qué hermosa era la primavera, y qué terrible es el invierno!

Y al decir esto, Selma volvió a cubrirse el rostro con las manos, como si quisiera ocultar sus ojos del espectro del pasado que estaba ante ella. Le puse una mano en la cabeza, y le dije —Ven, Selma; ven, y seamos dos fuerte s torres ante la tempestad. Enfrentémonos al enemigo como valerosos soldados, y opongámosle nuestras almas. Si resultamos muertos en la batalla moriremos como mártires; si vencemos, viviremos como héroes. Retar a los obstáculos y a las dificultades es más noble que retirarse a la tranquilidad. Las palomillas que revolotean alrededor de la lámpara hasta morir son más admirables que el topo, habitante de oscuro túnel. Ven, Selma, y caminaremos por este áspero sendero con firmeza, con los ojos hacia el sol, para que no veamos las calaveras ni las serpientes entre las rocas y entre las espinas. Si el miedo nos detiene en medio del camino, sólo oiremos burlas de las voces de la noche, pero si llegamos valerosamente a la cima de la montaña nos reuniremos con los espíritus celestiales, cantando en triunfo y alegría. Ten valor, Selma; enjuga esas lágrimas y borra la tristeza de tu rostro. Levántate, y sentémonos cerca del lecho de tu padre, porque su vida depende de tu vida, y tu sonrisa es su único remedio.

Me miró bondadosa y cariñosamente.

—¿Me estás pidiendo que tenga paciencia, cuando eres tú quien más lo necesita?

—dijo. —¿Dará un hombre hambriento su pan a otro hombre hambriento? ¿O un hombre enfermo dará su medicina a otro hombre, cuando él mismo la necesita desesperadamente?

Se levantó; inclinó ligeramente la cabeza, y caminamos hasta la habitación del anciano, y nos sentamos a cada lado del lecho. Selma sonrió forzadamente y simuló paciencia, y su padre trató de hacerle creer que se sentía mejor y que ya se estaba poniendo bueno; pero padre e hija tenían conciencia de la tristeza del otro, y oían suspiros no exhalados. Eran como dos fuerzas iguales, tirando una de otra silenciosamente, y anulándose. El padre tenía el corazón transido por el dolor de la hija. Eran dos almas puras, una que partía, y la otra que agonizaba de dolor, y que se abrazaban con amor ante la muerte. Y yo estaba en medio de esas dos almas, con mi propio corazón turbado. Éramos tres personas unidas y aniquiladas por la mano del Destino: un anciano que parecía una morada en ruinas tras la inundación, una joven mujer cuyo símbolo era un lirio segado por el afilado borde de una segadora, y un joven que apenas era un débil retoño, marchitado por una nevada, y los tres éramos juguetes en manos del Destino.

Farris Efendi hizo un débil movimiento y extendió la temblorosa mano hacia Selma, y con la voz vibrante de ternura y amor, le dijo:

—Toma mi mano, hija mía. —Selma hizo lo que su padre le pedía, y el anciano dijo: —He vivido lo suficiente, y he disfrutado de los frutos de las estaciones. He experimentado todas las fases de la vida con ecuanimidad. Perdí a tu madre cuando tenías tres años, y te dejó como un preciado tesoro en mis manos. Te vi crecer, y tu rostro reprodujo las facciones de tu madre, como las estrellas se reflejan en un estanque de aguas tranquilas. Tu carácter, tu inteligencia y tu belleza son los de tu madre, hasta tu manera de hablar y tus gestos y ademanes. Has sido mi único consuelo en esta vida, porque fuiste la imagen de tu madre en palabras y actos. Ahora, estoy viejo, y el único reposo para mí está en las suaves alas de la muerte. Consuélate, hija mía, porque he podido vivir hasta verte convertida en mujer. Sé feliz, porque viviré en ti después de mi muerte. Mi partida de hoy no será diferente de mi partida de mañana u otro día cualquiera, porque nuestros días son caducos, cual las hojas de otoño. La hora de mi muerte se aproxima a grandes pasos, y mi alma ansía unirse al alma de tu madre.

Al pronunciar estas palabras dulce y amorosamente, la faz del anciano estaba radiante de gozo. Luego, el anciano sacó de abajo de la almohada un pequeño retrato enmarcado en oro. Con los ojos en el retrato, el agonizante dijo a su hija:

—Mira tu madre, hija mía, en este retrato.

Selma se enjugó las lágrimas y después de contemplar largo rato la foto, la besó varias veces, y volvió a llorar.

—¡Madre mía, amada madre mía! —exclamó, y luego volvió a posar los labios en el retrato, como si quisiera imprimir el alma en esa imagen.

La más bella palabra en labios de los seres humanos es la palabra madre, y el llamado más dulce es madre mía. Es una palabra llena de esperanza y de amor; una dulce y amable palabra que surge de las profundidades del corazón. La madre lo es todo; es nuestro consuelo en la tristeza, nuestra esperanza en el dolor, y nuestra fuerza en la debilidad. Es la fuente del amor, de la misericordia, de la conmiseración y del perdón. Quien pierde a su madre pierde a un alma pura que bendice y custodia constantemente al hijo.

Todo en la Naturaleza habla de la madre. El Sol es la madre de la Tierra, y le da su alimento de calor; nunca deja al universo por las noches sin antes arrullar a la Tierra con el canto del mar y con el himno que entonan las aves y los arroyos. Y la tierra es la madre de los árboles y de las flores. Les da vida, los cuida y los amamanta. Los árboles y las flores se vuelven madres de sus grandes frutos y de sus semillas. Y la madre, el prototipo de toda existencia, es el espíritu eterno, lleno de belleza y amor.

Selma Karamy no conoció a su madre, pero lloró al ver la fotografía de su progenitora, y exclamó: ¡Madre mía! La palabra madre está oculta en nuestros corazones, y acude a nuestros labios en horas de tristeza y en horas de felicidad, como el perfume que emana del corazón de la rosa y se mezcla con el aire diáfano, así como con el aire nebuloso.

Selma contempló la imagen de su madre, y la besó muchas veces, hasta que, exhausta se dejó caer en el lecho de su padre.

El anciano le puso ambas manos en la cabeza.

—Hijita mía —le dijo, —te he mostrado un retrato de tu madre, en el papel; pero escucha bien, y haré que oigas sus propias palabras.

Selma alzó la cabeza, como un pajarillo en el nido que oye el aletear de su madre, y miró atentamente a su padre. Farris Efendi abrió la boca, y dijo:

—Tu madre te estaba criando cuando perdió a su propio padre; gritó y lloró, pero era una mujer sensata y paciente. Se sentó a mi lado, en esta misma habitación, en cuanto terminó el funeral, me tomó la mano y me dijo: "Farris, mi padre ha muerto, y tú eres mi único consuelo en este mundo. Los afectos del corazón están divididos como las ramas del cedro; si el cedro pierde una rama vigorosa, sufre, pero no muere. Dará toda su savia a la rama contigua, para que crezca y llene el espacio vacío. Esto fue lo que tu madre me dijo cuando murió su padre, y tú deberás decir lo mismo cuando la muerte se lleve mi cuerpo al lugar del descanso, y mi alma, a Dios.

Selma le respondió, con lágrimas y pesadumbre:

—Cuando mi madre perdió a su padre, tú ocupaste el lugar de mi abuelo; pero, ¿quién tomará tu lugar cuando te hayas ido? Ella se quedó al cuidado de un amante y verdadero esposo; ella encontró consuelo en su hijita, pero, ¿quién será mi consuelo cuando mueras? Tú has sido mi padre y mi madre, y el compañero de mi juventud.

Y diciendo estas palabras, Selma volvió el rostro y me miró. Y tomando una orilla de mi traje, dijo: —Este es el único amigo que tendré después de que te hayas ido; pero, ¿cómo puede consolarme, si él mismo sufre? ¿Cómo puede un corazón roto encontrar consuelo en un alma atormentada y decepcionada? Una mujer triste no puede hallar consuelo en la tristeza de su prójimo, ni un ave puede volar con las alas rotas. Él es el amigo de mi alma, pero ya he colocado una pesada carga de tristeza sobre él, y he oscurecido su vista con mis lágrimas, al punto de que no puedo ver sino la oscuridad. Es un hermano a quien quiero tiernamente, pero es como todos los hermanos; comparte mi tristeza y mis lágrimas, con lo que aumenta mi amargura y quema mi corazón.

Las palabras de Selma apuñalaron mi corazón, y sentí que no podía soportar más dolor. El anciano la escuchaba con expresión dolida, temblando como la luz de una lámpara al viento. Luego extendió la mano, y dijo:

Déjame irme en paz, hija mía. He roto los barrotes de esta jaula vieja; déjame volar y no me detengas, porque tu madre me está llamando. El cielo está claro y el mar está en calma, y mi velero está a punto de zarpar; no demores su viaje. Deja que mi cuerpo repose con los que ya están gozando el reposo eterno; deja que mi sueño termine, y que mi alma despierte con la aurora; que tu alma bese a la mía con el beso de la esperanza; que no caigan gotas de tristeza o amargura en mi cuerpo, pues las flores y el césped rechazarían su alimento. No derrames lágrimas de dolor en mi mano, pues crecerían espinas en mi tumba. No ahondes arrugas de agonía en mi frente, pues el viento, al pasar, podría leer el dolor de mi frente, y se negaría a llevar el polvo de mis huesos a las verdes praderas... Te amé mucho, hija mía, mientras viví, y te amaré cuando esté muerto, y mi alma velará por ti y te protegerá siempre.

Luego, Farris Efendi me miró con los ojos entornados. Hijo mío —me dijo, —sé un verdadero hermano para Selma, como tu padre lo fue para mí. Sé un amparo y su amigo en la necesidad, y no dejes que lleve luto por mí, porque llevar luto por los muertos es una equivocación. Relátale cuentos agradables y cántale los cantos de la vida, para que pueda olvidar sus penas. Recuérdame, y dale más recuerdos a tu padre; pídele que te cuente de nuestra juventud, y dile que lo quise en la persona de su hijo, en la última hora de mi vida.

Reinó el silencio, y podía yo ver la palidez de la muerte en el rostro del anciano. Luego, nos miró a uno y otro, y susurró:

—No llaméis al médico pues podría prolongar mi sentencia en esta cárcel, con su medicina. Han terminado los días de la esclavitud, y mi alma busca la libertad de los cielos. Y tampoco llaméis al sacerdote, porque sus conjuros no podrían salvarme, si soy un pecador, ni podría apresurar mi llegada al

Cielo, si soy inocente. La voluntad de la humanidad no puede cambiar la voluntad de Dios, así como un astrólogo no puede cambiar el curso de los astros. Pero después de mi muerte, que los médicos y los sacerdotes hagan lo que les plazca, pues mi barco seguirá con las velas desplegadas hasta el lugar de mi destino final.

A la media noche, Farris Efendi abrió los cansados ojos por última vez, los enfocó en Selma, que estaba arrodillada a un lado de la cama. Trató de hablar el agonizante, pero no pudo hacerlo, pues la muerte ya estaba ahogando su voz. Sin embargo, hizo un último esfuerzo.

—La noche ha pasado... -susurró —¡Oh Selma! ...

Luego, inclinó la cabeza, su rostro se volvió blanco, y pude ver una última sonrisa en sus labios, al exhalar el último suspiro.

Selma tocó la mano de su padre. Estaba fría. Luego, la joven alzó la cabeza y miró el rostro de quien le había dado la vida. Estaba cubierto por el velo de la muerte. Selma estaba tan anonadada por el dolor, que no podía derramar más lágrimas, ni suspirar, ni hacer movimiento alguno. Por un momento se quedó mirándolo como una estatua, con los ojos fijos; luego, se inclinó hacia adelante hasta tocar el piso con la frente, y dijo:

—¡Oh Señor, ten misericordia de nosotros, y cura nuestras alas rotas!

Farris Efendi Karamy murió; su alma fue abrazada por la eternidad, y su cuerpo volvió a la tierra. Mansour Bey Galib se posesionó de su fortuna, y Selma se convirtió en una prisionera de por vida; una vida de dolor y sufrimientos.

Yo me sentí perdido entre la tristeza y la ensoñación. Los días y las noches se cernían sobre mí como el águila sobre su presa. Muchas veces traté de olvidar mi desventura ocupándome en la lectura de libros y escrituras de generaciones pasadas, pero era como tratar de extinguir el fuego con el aceite, pues no podía yo ver en la procesión del pasado sino tragedias, y no oía yo sino llantos y gemidos de dolor. El libro de Job me atraía más que los Salmos, y prefería las elegías de jeremías al Cantar de Salomón, Hamlet estaba más cerca de mi corazón que todos los demás dramas de los escritores occidentales. Así, la desesperación debilita nuestra vida y cierra nuestros oídos. En tal estado de ánimo, no vemos más que los espectros de la tristeza, y no oímos más que el latir de nuestros agitados corazones.

ENTRE CRISTO E ISHTAR

En medio de los jardines y colinas que unen la ciudad de Beirut con el Líbano hay un pequeño templo, muy antiguo, cavado en la roca, rodeado de olivos, almendros y sauces.

Aunque este templo está como a un kilómetro de la carretera principal, en la época de mi relato muy pocas personas aficionadas a las reliquias y a las ruinas antiguas habían visitado ese santuario. Era uno de los muchos sitios interesantes escondidos y olvidados que hay en el Líbano. Por estar tan apartado, se había convertido en un refugio para las personas religiosas, y en un santuario para amantes solitarios.

Al entrar en este templo, el visitante ve en el muro oriental, un antiguo cuadro fenicio esculpido en la roca, que representa a Ishtar, diosa del amor y de la belleza, sentada en su trono, rodeada de siete vírgenes desnudas, en diversas actitudes. La primera de ellas lleva una antorcha; la segunda, una guitarra; la tercera, un incensario; la cuarta, una jarra de vino; la quinta, un ramo de rosas; la sexta, una guirnalda de laurel; la séptima, un arco y una flecha; y las siete miran a Ishtar reverentemente.

En el segundo muro hay otro cuadro, más moderno que el primero, que representa a Cristo clavado en la cruz, y a su lado están su doliente Madre, María Magdalena, y otras dos mujeres, llorando. Este cuadro bizantino tiene una inscripción que demuestra que se esculpió en el siglo XV o en el XVI. En el muro occidental hay dos tragaluces redondos, a través de los cuales los rayos del sol entran en el recinto e iluminan las imágenes y dan la impresión de estar pintadas con agua dorada. En medio del templo hay un altar rectangular, de mármol, con viejas pinturas a los lados, algunas de las cuales apenas pueden distinguirse bajo las petrificadas manchas de sangre, que demuestran que el pueblo antiguo ofrecía sacrificios en esa roca y vertían perfume, vino y aceite sobre ella.

No hay nada más en ese pequeño templo, excepto un profundo silencio, que revela a los vivientes los secretos de la diosa y que haba sin palabras de pasadas generaciones y de la evolución de las religiones. Tal espectáculo lleva al poeta a un mundo muy lejano, y convence al filósofo de que los hombres nacieron con tendencia hacia la religiosidad; sintieron los hombres la necesidad de lo invisible, y crearon símbolos, cuyo significado divulgó los secretos, los deseos de su vida y de su muerte.

En este templo casi desconocido, me reunía yo con Selma una vez al mes, y pasaba varias horas: en su compañía, contemplando esas extrañas imágenes, pensando en el Cristo crucificado, y meditando en los jóvenes y en las ,jóvenes fenicios que vivieron, amaron y rindieron culto a la belleza en la persona de Ishtar, quemando incienso ante su estatua y derramando perfume en su santuario, es un pueblo del que no ha quedado más rastro que su nombre, repetido por la marca del tiempo ante el rostro de la eternidad.

Resulta difícil describir con palabras los recuerdos de aquellas horas de mis encuentros con Selma; aquellas celestiales horas, llenas de dolor, felicidad, tristeza, esperanza y miseria espiritual.

Nos reuníamos secretamente en el viejo templo a recordar los viejos días, a hablar de nuestro presente, a atisbar con recelo el futuro, y a sacar gradualmente a la superficie los ocultos secretos de las profundidades de nuestros corazones, ex uniéndonos las quejas de nuestra frustración y nuestro sufrimiento, tratando de consolarnos con esperanzas imaginarias y sueños melancólicos. De vez en cuando nos calmaban, enjugábamos nuestras lágrimas y empezábamos a sonreír, olvidándonos de todo, excepto del amor; nos abrazábamos hasta que nuestros corazones se enternecían; luego, Selma me daba un casto beso en la frente, y llenaba mi corazón de éxtasis; yo le devolvía el beso al inclinar ella su cuello de marfil, mientras sus mejillas se coloreaban ligeramente de rojo, como el primer rayo de la aurora en la frente de la montaña. Contemplábamos silenciosamente el lejano horizonte, donde las nubes se teñían con el color anaranjado del ocaso.

Nuestra conversación no se limitaba al amor; de vez en cuando hablábamos de diferentes temas, y hacíamos comentarios. Durante el curso de la conversación Selma hablaba del lugar de la mujer en la sociedad, de la huella que la generación pasada había dejado en su carácter, de las relaciones entre marido y mujer, porque la miran detrás del velo sexual, y no ven en ella sino lo externo; la miran a través de un lente de aumento de odio, y no encuentran en ella sino debilidad y sumisión.

En otra ocasión, me dijo, señalando los cuadros esculpidos en el templo:

—En el corazón de esta roca están dos símbolos que reflejan la esencia de los deseos de la mujer, y que revelan los secretos de su alma, que oscila entre el amor y la tristeza, entre el cariño y el sacrificio, entre Ishtar sentada en su trono y María al pie de la cruz. El hombre adquiere gloria y fama, pero la mujer paga el precio.

Sólo Dios supo el secreto de nuestros encuentros, además de las bandadas de pájaros que volaban sobre el templo. Selma solía ir en su coche a un sitio llamado Parque del Pachá, y desde allí caminaba hasta el templo, donde me encontraba, esperándola ansiosamente.

No temíamos que nos observaran, ni nuestras conciencias nos reprochaban nada, el espíritu purificado por el fuego y lavado por las lágrimas está por encima de lo que la gente llama vergüenza y oprobio; está libre de las leyes de la esclavitud y de las viejas costumbres que ponen trabas a los afectos del corazón humano.

Ese espíritu puede comparecer orgullosamente y sin vergüenza alguna ante el trono de Dios.

La sociedad humana se ha plegado durante setenta siglos a leyes corrompidas, hasta el punto de no poder entender el significado de las leyes superiores y eternas.

Los ojos del hombre se han acostumbrado a la pálida luz de las velas, y no pueden contemplar la luz del sol. La enfermedad espiritual se hereda de generación en generación, hasta llegar a ser parte de la gente, que la considera no una enfermedad, sino un don natural, que Dios impuso a Adán. Si estas personas encuentran a alguien liberado de los gérmenes de tal enfermedad,

piensan que ese individuo vive en la vergüenza y en el oprobio.

Los que piensan mal de Selma Karamy
porque salía del hogar de su esposo para en-
trevistarse conmigo en el templo están en-
fermos, y forman parte de esos débiles
mentales que consideran a los sanos unos
rebeldes. Son como insectos que se arras-
tran en la oscuridad por miedo a que los pi-
sen los transeúntes.

El prisionero oprimido que puede esca-
par de su cárcel y no lo hace, es un cobarde.
Selma, prisionera inocente y oprimida, no
pudo libertarse de sus cadenas. ¿Se la puede
censurar porque mirara a través de la ventana de su prisión los verdes campos y el espacioso cielo? ¿Dirá la gente que Selma fue
infiel por salir de su casa para ir a sentarse a
mi lado ante Cristo e Ishtar? Que la gente
diga lo que quiera: Selma había pasado por
los pantanos que sumergen a otros espíritus, y había llegado a un mundo que no podían alcanzar los aullidos de los lobos, ni el
cascabeleo de las serpientes.

Que la gente diga lo que quiera de mí,
porque el espíritu que ha visto el espectro
de la muerte no puede atemorizarse con los

rostros de los ladrones; el soldado que ha visto brillar sobre su cabeza las espadas, y correr arroyos de sangre bajo sus pies, camina imperturbable, a pesar de las piedras que le arrojan los niños callejeros.

EL SACRIFICIO

Un día, a fines de junio, cuando la gente salía de la ciudad para ir a la montaña huyendo del calor del verano, fui, como siempre, al empleo a reunirme con Selma, llevando conmigo un librito de poemas andaluces. Al llegar al templo, me senté a esperarla, leyendo a intervalos mi libro, recitando aquellos versos que llenaban mi corazón de éxtasis, y que traían a mi memoria el recuerdo de los reyes, de los poetas y caballeros que se despidieron de Granada, y que tuvieron que dejarla, con lágrimas en los ojos y tristeza en los corazones; que tuvieron que dejar sus palacios, sus instituciones y sus esperanzas. Al cabo de una hora, vi a Selma que caminaba por los jardines y se acercaba al templo; se iba apoyando en su paraguas, como si estuviera soportando todas las preocupaciones del mundo sobre sus hombros. Al entrar en el templo, y sentarse a mi lado, noté un cambio en sus ojos, y me apresuré a preguntarle qué le ocurría.

Selma intuyó mi pensamiento, me puso una mano en la cabeza y me dijo:

—Acércate a mí; ven, amado mío, y deja que sacie mi sed, porque la hora de la separación ha llegado.

—¿Se enteró tu esposo de nuestras citas aquí? —le pregunté.

—A mi esposo no le importa nada de mi persona —me respondió, —ni se molesta en averiguar lo que haga, pues está muy ocupado con esas pobres muchachas a las que la pobreza ha llevado a las casas de mala fama; esas muchachas que venden sus cuerpos por pan, amasado con sangre y lágrimas.

—¿Qué te impide, que vuelvas a este templo a sentarte a mi lado, reverentemente, ante Dios? —le pregunté. —¿Te exige tu conciencia que nos separemos?

Y Selma me contestó, con lágrimas en los ojos:

—No, amado mío, mi espíritu no exige que nos separemos, porque tú eres parte de mí. Mis ojos nunca se cansan de mirarte, porque tú eres la luz de mis ojos; pero si el Destino dispuso que yo tuviera que caminar por el áspero sendero de la vida cargada con cadenas, no es justo que tu suerte sea como la mía. No puedo decirte todo, porque mi lengua está muda de dolor; mis labios están sellados por la pena, y no pueden moverse; sólo puedo decirte que temo que caigas en la misma trampa en que yo caía

—¿Qué quieres decir, Selma, y de quién tienes miedo? Mi amada se llevó las manos al rostro.

—El obispo ya ha descubierto que cada mes he estado saliendo de la tumba en que me enterró —dijo. —¿El obispo descubrió que nos vemos aquí?

—Si lo hubiera descubierto, no me estarías viendo sentada aquí a tu lado; pero algo sospecha, y ha ordenado a sus sirvientes y espías que me vigilen bien. He llegado a sentir que la casa en que vivo y el sendero por el que camino están llenos de ojos que me vigilan, y de dedos que me señalan, y de oídos al acecho de mis pensamientos. —Guardó silencio un momento, y luego añadió, con lágrimas que mojaban sus mejillas: -

No temo al obispo, pues el agua no asusta a los ahogados, pero temo. que tú caigas en una trampa y seas su víctima; tú aún eres joven y libre como la luz del sol. No temo al oscuro destino qué ha disparado todas sus flechas a mi pecho, pero temo que la serpiente muerda tu pie y detenga tu ascensión hacia la cima de la montaña en que el futuro te espera con sus placeres y sus glorias.

—Quien no ha sido víctima de las mordeduras de las serpientes del día, y quien no ha sentido las tarascadas de los lobos de la noche, puede decepcionarse ante los días y las noches. Pero escúchame, Selma; escucha bien: ¿Es la separación el único medio de evitar la maldad de las personas? ¿Acaso se ha cerrado la senda del amor y de la libertad, y no queda más salida que la sumisión a la voluntad de los esclavos de la muerte?

—No queda más remedio que separarnos, y decirnos adiós. Con espíritu rebelde, le tomé la mano.

—Nos hemos sometido a la voluntad de la gente durante mucho tiempo —dije, nervioso, —desde que nos conocimos hasta este momento nos han dirigido los ciegos, y junto con ellos, hemos rendido culto a sus ídolos. Desde que te conocí hemos estado en manos del obispo como dos pelotas con las que ha jugado a su antojo. ¿Nos hemos de someter a su voluntad hasta que la muerte nos lleve? ¿Acaso Dios nos dio el soplo de la vida para colocarlo bajo los pies de la muerte? ¿Nos dio El la libertad para hacer de ella una sombra de la esclavitud? Quien extingue el fuego de su propio espíritu con sus propias manos, es un infiel a los ojos del Cielo, pues el Cielo encendió el fuego que arde en nuestros espíritus. Quien no se rebela contra la opresión, es injusto consigo mismo. Te amo, Selma, y tú me amas también; y el amor es un tesoro precioso; es el don de Dios a los espíritus sensibles y de altas miras. ¿Desperdiciaremos tal tesoro, para que los cerdos lo dispersen y lo pisoteen? Este mundo está lleno de maravillas y de bellezas. ¿Por qué hemos de vivir en el estrecho túnel que el obispo y sus secuaces han cavado para nosotros? La vida está llena de felicidad y de libertad; ¿por qué no quitamos este pesado yugo de tus hombros, y por qué no rompemos las cadenas de tus pies, para caminar libremente hacia la paz? Levántate, y dejemos este pequeño templo, para ir al templo mayor de Dios. Salgamos de este país y de toda esta esclavitud e ignorancia, y vayamos a otro país muy lejano, donde no nos alcancen las manos de los ladrones. Vayamos a la costa al amparo de la noche, y tomemos un barco que nos lleve al otro lado del océano, donde podamos llevar una nueva vida de felicidad y comprensión. No vaciles, Selma, porque estos minutos son más preciosos para nosotros que las coronas de los reyes, y más sublimes que los tronos de los ángeles. Sigamos la columna de luz que nos conduzca, desde este árido desierto, hasta los verdes campos donde crecen las flores y las plantas aromáticas.

Selma movió la cabeza negativamente, y se quedó mirando el techo del templo; una triste sonrisa apareció en sus labios.

—No; no, amado mío —dijo. —El Cielo ha puesto en mi mano una copa llena de vinagre; me he obligado a beberla hasta las heces; hasta que sólo queden unas cuantas gotas, que beberé pacientemente. No so y digna de una nueva vida de amor y paz; no soy suficientemente fuerte para gustar de los placeres y de las dulzuras de la vida, porque un pájaro con las alas rotas no puede volar por el espacioso cielo. Los ojos acostumbrados a la débil luz de una vela no son lo bastante fuertes para contemplar el sol. No me hables de felicidad; su recuerdo me hace sufrir. No menciones en mi presencia la paz; su sombra me aterroriza; mírame, y te mostraré la santa antorcha que el Cielo ha encendido en las cenizas de mi corazón. Tú bien sabes que te amo como una madre a su único hijo, y que el amor me ha enseñado a protegerte hasta de mí misma. Es el amor purificado con fuego, el que me impide seguirte a tierras lejanas. El amor mata mis deseos, para que puedas vivir libre y virtuosamente. El amor limitado exige la posesión del amado, pero el amor ilimitado sólo pide para sí mismo. El amor que aparece en la ingenuidad y el despertar de la juventud se satisface con la posesión y se reafirma con los abrazos. Pero el amor nacido en el firmamento y que ha bajado a la tierra con los secretos de la noche no se satisface sino con la eternidad y la inmortalidad; no hace reverencias sino a la deidad.

"Cuando supe que el obispo quería impedirme salir de la casa de su sobrino y despojarme de mi único placer, me paré ante la ventana de mi habitación y miré hacia el mar, pensando en los vastos países que hay más allá, y en la libertad real y en la personal independencia que se puede encontrar allá. Me vi a mí misma viviendo a tu lado, protegida por la sombra de tu espíritu, y sumergida en el océano de tu cariño. Pero todos estos pensamientos que iluminan el corazón de una mujer y que la hacen rebelarse contra las viejas costumbres, y desean vivir a la sombra de la libertad y de la justicia, me hicieron reflexionar que así nuestro amor será limitado y débil, indigno de alzarse ante el rostro del sol. Grité como un rey despojado de su reino y de sus tesoros, pero inmediatamente vi tu rostro a través de mis lágrimas, y tus ojos que me miraban, y recordé lo que un día me dijiste:

"Ven, Selma, ven y seamos fuertes torres ante la tempestad. Enfrentémonos como valerosos soldados al enemigo y pongámonos a sus armas. Si nos matan, moriremos como mártires; y si vencemos, viviremos como héroes. Retar a los obstáculos y a las penalidades es más noble que retirarse a la tranquilidad. Estas palabras, amado mío, las pronunciaste cuando las alas de la muerte se cernían sobre el lecho de muerte de mi padre; las recordé ayer, mientras las alas de la desesperación se cernían sobre mi cabeza. Me sentí más fuerte, y sentí incluso en la oscuridad de mi prisión, una especie de preciosa libertad que paliaba nuestras dificultades y disminuía nuestras tristezas. Descubrí que nuestro amor era tan profundo como el océano, tan alto como las estrellas, y tan espacioso como el Cielo. Vine a verte, y en mi débil espíritu hay una nueva fuerza, esta fuerza es la capacidad de sacrificar algo muy grande, para obtener algo todavía más grande; es el sacrificio de mi felicidad, para que puedas seguir siendo virtuoso y honorable a los ojos de la gente, y para que estés lejos de sus traiciones y de su persecución...

"En otras ocasiones, al venir a este sitio, sentía yo que pesadas cadenas me impedían caminar; pero hoy, vine con una nueva determinación que se ríe de las cadenas y acorta el camino. Venía yo a este templo como un fantasma asustado, hoy vine como una mujer valerosa que siente lo imperioso del sacrificio, y que conoce el valor del sufrimiento; como una mujer que quiere proteger a su amado de la gente ignorante y de su propio espíritu hambriento. Me sentaba yo a tu lado como una sombra temblorosa, hoy vine a mostrarte mi ser verdadero, ante Ishtar y ante Cristo.

"Soy un árbol que ha crecido en la sombra, y hoy extendí mis ramas para temblar un poco a la luz del día. Vine a decirte adiós, amado mío, y espero que nuestra despedida sea tan bella y tan terrible como nuestro amor. Que nuestra despedida sea como el fuego, que funde el oro y lo hace más resplandeciente.

Selma no me permitió hablar ni protestar, sino que me miró, con. los ojos brillantes, con una gran dignidad en el rostro, y parecía un ángel que impusiera silencio y respeto.

Luego me abrazó fuertemente, lo que nunca había hecho antes y puso sus suaves brazos alrededor de mi cuello, y estampó un profundo, largo, dulcísimo beso en mi boca.

Al irse ocultando el sol, retirando sus rayos de aquellos jardines y de aquellos huertos, Selma caminó hacia la parte central del templo, y contempló largamente sus muros y sus ángulos, como si quisiera verter la luz de sus ojos en las imágenes y en los símbolos. Luego, dio otros pasos al frente, y se arrodilló con reverencia ante la imagen de Cristo, besó sus pies, y susurró:

—¡Oh, Cristo!, he escogido tu cruz y he abandonado el mundo de los placeres y felicidad de Ishtar; he llevado la corona de espinas y he rechazado la corona de laurel; me he bañado con sangre y lágrimas, y he rechazado el perfume y el incienso; he bebido vinagre de la copa que tendría que dar vino y néctar; acéptame, Señor, entre tus fieles, y condúceme a Galilea, junto con los que han elegido tu camino, contentos en sus sufrimientos, y gozosos en sus tristezas.

Luego, Selma se levantó y me miró.

—Ahora, volveré feliz a mi oscura cueva, donde reside el horrible fantasma. No me tengas lástima, amado mío, y no te entristezcas por mí, porque el alma que ve una vez la sombra de Dios no volverá a tener miedo, desde entonces, a los fantasmas de los demonios. Y el ojo que ha visto el cielo no será cerrado por los dolores del mundo.

Y al acabar de decir estas palabras, Selma salió del santuario; permanecí allí, perdido en un hondo mar de pensamientos, absorto en el mundo de la revelación, donde

Dios se sienta en su trono y donde los ángeles registran los actos de los seres humanos,
donde las almas recitan la tragedia de la vida, y donde las novias del Cielo cantan los
himnos del amor, de la tristeza y de la inmortalidad.

La noche ya había llegado cuando salí de
mi meditación, y me encontré estupefacto,
en los jardines, repitiendo el eco de cada palabra que había pronunciado Selma, recor-
dando su silencio, sus actos, sus movimientos, sus expresiones y el toque de sus
manos, hasta que me di cuenta cabal del
significado de la despedida y del dolor de la
soledad. Me sentí. deprimido y con el corazón roto. Fue entonces cuando descubrí que
los hombres, aunque nazcan libres, seguirán
siendo esclavos de las estrictas leyes que sus
mayores promulgaron, y que el firmamento,
que imaginamos inmutable, es la sumisión
del día de hoy a la voluntad del día de mañana, y la sumisión del ayer a la voluntad del
presente.

Muchas veces, desde aquella noche, he
pensado en la ley espiritual que hizo que
Selma prefiriera la muerte a la vida, y muchas veces he comparado la nobleza del sa-

crificio con la felicidad de la rebelión para saber cuál de las dos actitudes es más noble y más hermosa; pero hasta ahora he obtenido sólo una verdad de todo ello, y esta verdad es la sinceridad, que es la que puede hacer que todas nuestras acciones sean hermosas y honorable s. Y esta sinceridad estaba en Selma Karamy.

LA LIBERTADORA

Cinco años del matrimonio de Selma transcurrieron, sin que hubiera hijos que reforzaran los lazos espirituales entre ella y su esposo, lazos que hubieran podido acercar a sus almas contrastantes.

La mujer estéril es vista con desdén en todas partes, porque la mayoría de los hombres desean perpetuarse en su posteridad.

El hombre común considera a su esposa, cuando no puede tener hijos, como a un enemigo; la detesta, la abandona y desea su muerte. Mansour Bey Galib era de esa clase de hombres; en lo material, era como la tierra, duro como el acero y codicioso como un sepulcro. Su deseo de tener un hijo que llevara su nombre y prolongara su reputación hizo que odiara a Selma, a pesar de su belleza y de su dulzura.

Un árbol que crece en una cueva no da fruto; y Selma, que vivía en la parte oscura de la vida, no concebía...

El ruiseñor no hace su nido en la jaula, a menos que la esclavitud sea el sino de su raza... Selma era una prisionera del dolor, y era voluntad del Cielo que no hubiese otro prisionero que le hiciera compañía. Las flores del campo son hijas del afecto del sol y del amor de la Naturaleza; y los hijos de los hombres son las flores del amor y de la compasión.

El espíritu del amor y de la compasión nunca reinó en su hermosa casa de Ras Beirut. Sin embargo, se arrodillaba Selma todas las noches y pedía a Dios un hijo en quien encontrar compañía y consuelo...

Oró hasta que el Cielo oyó sus plegarias.

El árbol de la cueva floreció y, al fin dio fruto. El ruiseñor enjaulado empezó a hacer su nido con las plumas de sus alas.

Selma extendió los encadenados brazos hacia el Cielo, y recibió el precioso don, y nada en el mundo pudo hacerla más feliz que saber que iba a ser madre...

Esperó ansiosamente, contando los días, y ansiando el tiempo en que el canto más dulce del Cielo, la voz de su hijo, sonara como campanitas de cristal en sus oídos.

Empezó Selma a ver la aurora de un futuro menos negro, a través de sus lágrimas.

Era el mes de Nisán cuando Selma estaba en el lecho del dolor y del trabajo de parto, donde luchaban la vida y la muerte. El médico y la comadrona se preparaban a entregar al mundo a un nuevo huésped. Pero a altas horas de la noche, Selma empezó a gritar, con gritos que eran una separación de la. vida... Un grito que se prolongó en el firmamento de la nada... Un grito de fuerza debilitada ante la quietud de fuerzas superiores... El grito de mi pobre Selma, que se debatía entre los pies de la vida y los pies de la muerte...

Al alba, Selma dio a luz un varón. Al abrir los ojos la madre, vio rostros sonrientes en toda la habitación, y luego vio que la vida y la muerte aún luchaban en su lecho. Cerró los ojos, y exclamó, por primera vez:

—¡Oh, hijo mío!

La comadrona envolvió al recién nacido en pañales de seda, y lo puso junto a su madre, pero el médico se quedó mirando a Selma, moviendo tristemente la cabeza.

Gritos de gozo despertaron a los vecinos, que se precipitaron a felicitar al padre por el nacimiento de su heredero, pero el médico miró a Selma y al hijo, y movió tristemente la cabeza.

Los sirvientes corrieron a dar la buena nueva a Mansour Bey sin saber que el médico seguía considerando a Selma y al niño con honda preocupación.

Al salir el sol, Selma se llevó el niño al pecho, y el niño abrió los ojos y miró a su madre. El médico tomó al niño de los brazos de Selma y con lágrimas en los ojos, dijo:

—Es un huésped que se va...

El niño falleció mientras los vecinos celebraban con el padre en la gran sala de la casa, y mientras bebían vino a la salud del heredero. Selma miró al médico, y le rogó:

—Deme a mi hijo, y deje que le dé un beso...

Y aunque el niño estaba muerto, los sonidos de las copas entrechocando por los brindis de alegría, resonaban en la gran sala.

El niño nació al alba, y murió al llegar los primeros rayos del sol...

No vivió para consolar y acompañar a su madre.

Su vida había empezado al terminar la noche y cesó al principiar el día, como una gota de rocío vertida por los ojos de la oscuridad y secada al contacto de la luz.

Fue una perla que la marea arrojó a la costa y que la misma marea devolvió a las profundidades del mar...

Un lirio que acababa de abrirse del capullo de la vida y que aplastó el pie de la muerte.

Fue un huésped querido que iluminó un instante el corazón de Selma, y cuya partida mató su alma.

Tal es la vida de los hombres, la vida de las naciones, la vida de soles, lunas y estrellas.

Y Selma miró intensamente al médico.

—¡Deme a mi hijo y déjeme abrazarlo —gritó; —deme a mi hijo, y déjeme darle el pecho! Pero el doctor inclinó la cabeza y su voz se quebró al decir:

—Señora, su hijo está muerto; tenga paciencia.

Al oír estas palabras del médico, Selma dio un terrible grito. Luego, permaneció inmóvil un momento, y sonrió, como con alegría. Su rostro se iluminó como si hubiera descubierto algo, y dijo dulcemente:

—Denle a mi hijo; quiero tenerlo cerca de mí, aunque esté muerto.

El médico le llevó el niño muerto a Selma y se lo puso en los brazos. Selma lo abrazó, luego volvió el rostro a la pared, y le habló a su hijo, en estos términos:

—Hijo mío, has venido por mí; has venido a mostrarme el camino que conduce a la playa. Aquí estoy, hijo mío; llévame, y salgamos de esta oscura cueva.

Y un minuto después, un rayo de sol penetró entre las cortinas de las ventanas e iluminó dos cuerpos inmóviles, que yacían en la cama, custodiados por la profunda dignidad del silencio y protegidos por las alas de la muerte. El médico salió de la habitación con lágrimas en los ojos, y cuando llegó a la gran sala, la celebración se convirtió en un funeral; pero Mansour Bey Galib nunca pronunció una palabra de lamento, ni derramó una sola lágrima. Se quedó de pie, inmóvil como una estatua, con una copa de vino en la mano derecha.

Al día siguiente, Selma fue amortajada con su blanco vestido de novia y puesta en un ataúd; la mortaja del niño fueron sus pañales de seda; su ataúd, los brazos de su madre; su tumba el calmado pecho que no lo alimentó. Eran dos cuerpos en un solo ataúd. Seguí reverentemente el cortejo que acompañó a Selma y a su hijo hasta su último reposo.

Al llegar al cementerio, el obispo Galib empezó a cantar los salmos funerarios, mientras los demás sacerdotes oraban, y en los indiferentes rostros de todos ellos vi un velo de ignorancia y vacuidad.

Al bajar el féretro, uno de los asistentes dijo en voz baja: -Es la primera vez que veo a dos cuerpos en un ataúd. —Parece que el niño hubiera venido a rescatar a su madre de un esposo inmisericorde —dijo otra persona.

Y otra persona exclamó:

—Miren a Mansour Bey: dirige la vista al cielo, como si sus ojos fueran de hielo. No parece que haya perdido a su esposa y a su hijo en un solo día.

Y otra persona más, comentó:

—Su tío, el obispo, volverá a casarlo mañana con una mujer más rica y más fuerte.

El obispo y los sacerdotes siguieron cantando y murmurando plegarias hasta que el sepulturero terminó de llenar la fosa. Luego, todos se fueron acercando uno a uno, a ofrecer sus respetos y sus condolencias al obispo y a su sobrino, con tiernas palabras, pero yo me quedé aparte, solitario, sin un alma que me consolara, como si Selma y su hijo no hubieran significado nada para mí.

El cortejo salió del cementerio; el sepulturero se quedó cerca de la nueva tumba, sosteniendo una pala en la mano. Me acerqué al sepulturero y le pregunté:

—¿Recuerda usted dónde enterró a Farris Efendi Karamy? Me miró un momento, y luego señaló la tumba de Selma. —Allí mismo; puse a su hija sobre él, y en el pecho de su hija reposa su nieto, y encima de ellos llené la fosa con tierra, con esta pala.

—En esta fosa —le dije —también ha enterrado usted mi corazón.

Y mientras el sepulturero desaparecía detrás de los álamos, no pude más; me dejé caer sobre la tumba de Selma, y lloré.

TÍTULOS DE ESTA COLECCIÓN